魔法が解けた朝に

◆主要登場人物

キャリー・リチャーズ……………ウエイトレス。
アレクシーズ・ニコライデス……企業家。
アリスティディス・ニコライデス……アレクシーズの父。
ベレニーチェ・ニコライデス……アレクシーズの母。
ヤニス・ニコライデス……………アレクシーズの異母弟。
キリア・ニコライデス……………ヤニスの母。
マリッサ・ハーコート……………アレクシーズの元恋人。
アナスターシャ・サバルコス……アレクシーズの花嫁候補。

ハーレクイン文庫

魔法が解けた朝に

ジュリア・ジェイムズ

鈴木けい 訳

HARLEQUIN
BUNKO

GREEK TYCOON, WAITRESS WIFE

by Julia James

Published by Harlequin Japan, a Division of K.K. HarperCollins Japan, 2024

1

アレクシーズ・ニコライデスは不機嫌な顔で周囲を見まわした。ここに来たのは間違いだった。マリッサの言うことなど聞かず、金融街《シティ》での会議が終わりしだい、まっすぐホテルに帰ればよかったのだ。こんなところで貴重な時間をつぶすより、スイートルームのベッドで彼女と過ごすほうがよほどいい。ロンドンには一泊するだけなのだから。

彼はいま、人であふれ返る画廊に立ちつくしていた。みなおしゃべりに夢中で、かまびすしいことこのうえない。なかでもいちばんひどいのがマリッサで、美術市場に関する知識をひけらかし、展示されている絵画の商品価値についてまくしたてていた。アレクシーズにはまったく関心のない話だった。

そのうち彼は、マリッサにも、彼女と一緒にいることにも、すっかり興味を失った。この場の話にかぎらず、ベッドに関しても。

アレクシーズの目に浮かぶいらだちの色が急速に濃くなる。彼は断を下した。マリッサとの関係を清算するころ合いのようだ。彼女は遊び慣れていて官能的な魅力も充分だが、つき合って三カ月、いまや彼にあれこれ要求できるまでの仲になったと思い始めたらしい。この個展のオープニング・パーティに出席してほしいとせがんだのがいい証拠だ。会うのは二週間ぶりだから、わがままを聞いてもらえると考えたに違いない。

アレクシーズは黒い目を曇らせ、眉をひそめた。勘違いもはなはだしい。誰であろうと、彼は人の言いなりになる気はなかった。ニコライデス家の富があれば、女性には不自由しない。彼は女性を好きに選び、彼の流儀でつき合ってきた。それを貫けないとなれば、相手がどんなに魅力的でも、見向きもしない。

マリッサ・ハーコートは人目を引く華やかな容姿と家柄に恵まれ、名門大学を卒業している。ファッションセンスも抜群だ。いまは美術界で活躍し、高給を得ている。これだけ条件がそろっていればアレクシーズほどの男性でもつかまえておけるはずだと、自信を持っているのだろう。

確かにマリッサは彼をつかまえた。しかし、だからといって永遠につなぎ止めておけると考えるのは間違いだ。三カ月前に別れたアドリアーナ・ガーソニも同じ過ちを犯した。一流のソプラノ歌手である彼女は、エキゾティックな容貌《ようぼう》と押しの強さでミラノのスカラ座における歌姫の地位を確立した。アレクシーズと結婚して莫大《ばくだい》な富を得ればその地位は不動のものになる。アドリアーナはそう考えた。彼女が二人の結婚を当然のように言いだしたとき、アレクシーズは別れる決意をした。アドリアーナは怒りでおかしくなったが、彼からすれば彼女の言いぶんは見当違いの要求にすぎなかった。

アドリアーナの気性の激しさに比べ、マリッサの上品で落ち着いた物腰は好ましく感じられ、ベッドの相手としても上々だった。しかし、そのマリッサとももはやこれまでらしい。そもそも、いまのアレクシーズは憂慮すべき問題をたくさん抱えていた。

ニコライデス一族の現状を思い、アレクシーズは口もとをこわばらせた。彼の父親、アリスティディス・ニコライデスは世界規模の事業を営んでいるが、近く五度目の結婚を控え、仕事に専念するどころではなかった。二度目の結婚によって生まれた息子で、アレクシーズの異母弟にあたるヤニスも、会社経営そっちのけでスポーツと女遊びにうつつを抜かしている。もっとも、父や弟にあれこれ口出しされても困るのだが。

グループ企業の経営に関して、アレクシーズには自分なりの方針があった。弟のヤニスについては母の見解に賛成だった。ベレニーチェ・ニコライデスは強く頑《かたく》なに主張していた。自分から夫を奪った女性の息子が、我が子アレクシーズと対等の資格でニコライデス・グループの経営に参画するなど許されない、と。とはいえ、アレクシーズが弟の協力を望まないのは、母のように感情的な理由からではなく、あくまでもビジネス上の理由からだった。ヤニスは無能なうえに享楽的で、巨大かつ複雑なグループの経営陣に加えるのは危険が大きすぎるのだ。

アレクシーズと母親の意見がいつも一致するわけではない。彼がグループを受け継ぐに際しては、ある一点で真っ向から意見が対立していた。母はアレクシーズがギリシア人の富豪の娘と結婚しなければならないという考えに取りつかれていた。グループのさらなる繁栄につながるうえに、ニコライデス帝国の世継ぎとなる孫を元夫のアリスティディスに差しだせるからだ。そんなわけで、アレクシーズは母の見合い攻勢にさらされ、うんざりしていた。

うんざりといえば、いまマリッサが論じている美術市場の話題もそうだ。おざなりな態度で彼女をあしらい、この場で二人の関係を終わらせてしまおうか、と彼は思案した。だが、この場で彼女と縁を切ったら、今夜も一人で過ごす羽目になる。そう思うと気がめいり、彼は飲み物のトレイを持っているウエイトレスを呼ぶため、尊大に顎をしゃくった。

ウエイトレスはすぐにやってきた。彼はトレイからシャンパングラスを取ろうとして、ふとウエイトレスを見やった。

そのとたん、視線が釘《くぎ》づけになった。

うなじで束ねたブロンドの長い髪と卵形の顔、そして形のいい鼻に高い頬骨。非の打ちどころがない。まさに神の贈り物というべき顔だちだ。長いまつげと切れ長のブルーグレイの瞳が、その顔の魅力をいっそう引き立てている。これほどの容姿に恵まれた娘が、なぜウエイトレスなどしているんだ？

アレクシーズが小声で礼を言ってグラスを受け取ったとき、二人の目が合った。

彼女の表情の変化を、彼は見逃さなかった。

目が大きく見開かれ、柔らかなブルーグレイの瞳がきらめく。開きかげんの唇も含め、ひどく頼りなげで、立っているのが精いっぱいのように見えた。

アレクシーズは胸が高鳴るのを感じた。彼女は信じられないほど美しく、愛らしくて……。

「ミネラルウォーターが切れているわよ！」

突然、マリッサの叱責《しっせき》が飛んできて、ウエイトレスは慌てて頭を下げた。「す、すみません」口ごもりながら謝る。

娘の低い声に、アレクシーズはかすかないらだちを聞き取った。彼女が手にしているトレイにはたくさんのグラスがのっていて、そのどれもが飲み物で満たされていた。

「ぼんやり突っ立っていないで、さっさと持ってきて」せきたてながらマリッサはウエイトレスに歩み寄った。「炭酸入りはだめ、レモンもなしよ！」

ウエイトレスは喉をごくりと鳴らした。「かしこまりました」

娘がきびすを返したとき、一人の客が急に後ずさってきて彼女にぶつかった。トレイを支えようとアレクシーズは手を伸ばしたが、間に合わなかった。オレンジジュースのグラスが滑り落ちて床の上で砕け、マリッサのカクテルドレスにジュースのしぶきがかかる。

「何するの！」マリッサが顔色を変えて怒鳴った。「見てよ、これ！」

ウエイトレスの顔が恐怖に引きつる。「ああ……すみません」それきり言葉が出てこない。

小柄な男があたふたとやってきてウエイトレスに問いかけた。「いったいなんの騒ぎだ？」

「見てちょうだい！」マリッサが横から金切り声でわめきたてた。「このまぬけなウエイトレスが私のドレスを汚したのよ！」

うろたえた男が大声でわびの言葉を並べ始めるや、アレクシーズは口をはさんだ。「ちょっと濡《ぬ》れただけだろう、マリッサ。暗い色だから、ふき取ればわからないさ」

マリッサは納得せず、再びウエイトレスを罵倒《ばとう》した。「なんてまぬけなの！」

アレクシーズはマリッサの腕をつかんで言った。「化粧室に行くんだ」促すというより命令に近い口調だった。

マリッサは恨みがましくアレクシーズをにらみつけ、展示室から飛びだしていった。小柄な男は給仕係を二人呼びつけ、汚れた床の始末をさせた。そして、失態を演じたウエイトレスを追い払った。おぼつかない足どりで画廊の奥へ向かう彼女の後ろ姿が、アレクシーズの目に焼きついた。

傍らでは、小柄な男が盛んにわびている。そのしつこさにアレクシーズはいらだちを覚えた。「いまのは避けられないアクシデントだった」

彼はそっけなく言ってもう用ずみとばかりに手を振ると、この機を利用して画廊の玄関へと急いだ。

「ミズ・ハーコートに伝えてくれ、僕は急用で中座したと」彼は画廊の受付係に言いおいて画廊をあとにし、車をまわすよう運転手に命じた。マリッサにはドレスの弁償代として小切手を送ろう。ドレスにぴったりのアクセサリーの代金も加えて。これで彼女と手が切れる。

不意に、マリッサが叱責した娘のことが頭に浮かび、アレクシーズは顔をしかめた。あんなに口汚くののしらなくてもいいものを。あれは事故であり、彼女がウエイトレス失格というわけではない。本当に愛らしい娘だった。体に張りついた半袖《はんそで》の白いブラウスに黒いタイトスカート、それに白いエプロン。そんな装いは、まさに……ベッドの相手にぴったりだ。

彼女は性的な魅力をあらわにするタイプではない。だが、黒と白のメイドの装いに、柔らかなブロンドの髪、長いまつげと切れ長の目とくれば、男を刺激せずにはおかない。

事実、彼の体は勝手に反応していた。

やめてくれ！　どんなに愛らしくても、彼女は僕が日ごろつき合っている女性とはまったく人種が異なる。だいいち、僕は安易に女性を誘ったりしない。交際相手を選ぶ際は、容姿のみならず、自分の人生にふさわしい女性かを念入りに検討する。

アレクシーズは車に乗りこんだ。今夜は仕事に専念するしかない。明朝にはニューヨークへ飛ぶ。

豪華なシートにもたれ、マンハッタンなら、マリッサの後釜《あとがま》に据える女性もよりどりみどりだろう。車はボンド・ストリートにもたれ、アレクシーズはスモークガラス越しに窓の外を見やった。車はボンド・ストリート方面へと進み、画廊の前を通過した。幸いマリッサの姿はなく、彼はほっとした。一方的な別れ方に、良心が痛まないと言えば嘘《うそ》になる。しかし、すぐに考え直した。彼女にしても、ニコライデス家の富と地位に惹《ひ》かれただけだ。

そのとき、一人の女性の姿が視界に入った。レインコートの襟を立てて両手をポケットに突っこみ、ショルダーバッグのひもをぎゅっとつかんでいる。あの娘だ。うつむき加減で歩道を足早に歩いていく。

彼はとっさに車内通話のボタンを押し、運転手に命じた。「止めてくれ」

2

キャリーは足早に歩き続けた。歩いていれば、たったいま失職した事実を考えずにすむ。またしくじってしまった。もちろん非はこちらにあり、解雇されてもしかたがない。グラスを落としたとき、私はあのすてきな男性にすっかり気を取られていた。あんなふうに彼に見とれたりしなければ、後ろの客とぶつかることもなかったのだ。

でも、どうしようもなかった。彼は信じられないくらい魅力的だった。あれほど恵まれた容貌《ようぼう》の男性に出会ったのは初めてだ。長身、黒髪、そして端整な顔！　じっくり見たわけではないけれど、全体の印象は圧倒的なまでにすばらしかった。

長いまつげ越しにあの黒い目で見つめられたときの胸のときめきがよみがえる。彼のまなざしには強烈な力があり、息苦しさを覚えたほどだ。

そこへ、彼の連れの女性にミネラルウォーターを頼まれて魔法が解け、あの災難に……。

結局、キャリーは画廊の責任者ミスター・バートレットから叱責《しっせき》を受け、解雇された。ミスター・バートレットは、ドレス代の弁償をしなくてすんだだけでもありがたく思え、と言い放った。ただし、高価なドレスには特殊なクリーニングが必要なので、その代金は彼女の給料から差し引かれる。

職探しは大変だ。しかし、これまでのように夜間の仕事に限定しなくてもよくなったのだから、昼の仕事を探そう。ロンドンに来てまだ三カ月しかたっていないが、故郷のマーチェスターを離れたことで父の死というつらい思い出から解放され、キャリーはほっとしていた。親切にも経済的な援助を申し出てくれる人もいたが、同情されるのがいやで断った。その点、この大都会なら彼女の境遇を知る者もなく、気が楽だった。

ロンドンでの自活は容易ではなく、キャリーのように経済的なゆとりのない者にはなおさら厳しかった。それでも、少なくとも夏が過ぎ、マーチェスターに帰って生活を再開できる時期まではがんばるしかない。ロンドンでは単純労働やサービス業の働き口には事欠かないものの、どれもきつい仕事ばかりだ。この三カ月、キャリーは自分の時間がほとんど持てなかったうえ、必要最低限の収入しか得られなかった。

ロンドンでの仕事が好きになれない理由がもう一つある。セクシャルハラスメントに関するごたごただ。

最初に勤めたスペイン料理を出すバーでは、常連客がキャリーのスカートの中に手を入れてきた。かっとなって男の手をひっぱたくと、男は店主に訴えた。即座に彼女はくびになった。

職業紹介所の女性はキャリーの抗議を受け流した。

〝器量がいいんだから、それを武器にするくらいの強さがなくてはだめよ。慣れることね〟

冗談じゃないわ。キャリーは憤慨した。それまで生きてきた世界には、あのバーの客のような無礼な輩《やから》はいなかった。不当な扱いに甘んじるつもりはないし、この街の男たちがしばしば向けてくる露骨な視線にも我慢ならない。

もっとも、あのすてきな男性は唯一の例外だ。

画廊での記憶が鮮やかによみがえる。彼のまなざしに、いやらしさはみじんもなかった。彼に見つめられた瞬間を思い返し、またも胸が苦しくなった。彼は息をのむほど魅力的だった。まさに少女が夢見る理想の男性像だ。おそらく、画廊に集まったほかの客と同じく上流階級の人だろう。実際、彼には富裕層特有の雰囲気があった。日に焼けた完璧《かんぺき》な顔だちと、注文仕立てのスーツやシルクのネクタイといった身なりにかぎった話ではない。彼には生まれながらの自信や尊大さのようなものが備わっていた。

何者であれ、彼はロンドンの人間だ。私とは住む世界が違う。

キャリーは肩を落とし、足を速めた。わびしさに背中も丸まっている。節約と運動を兼ねての徒歩通勤とはいえ、住まいのあるパディントンまでの道のりは遠い。ワンルームの賃貸住宅は狭苦しいが、いまの収入ではそれが精いっぱいだった。

突然、車が寄ってきて、キャリーの行く手を遮るようにドアが開いた。よけて通り過ぎようとしたとき、声をかけられた。

「君、大丈夫かい?」

キャリーは声がしたほうに顔を向けた。外国語なまりのある低い声は、縁石に寄って止まった車の中から聞こえてきた。声の主が誰かわかったとたん、彼女は仰天した。画廊にいたあの男性だった。たちまち警戒心がわき起こる。私が汚してしまったドレスを着ていた女性は彼の恋人だ。弁償しろと言いに来たのかしら? だとしたら、大変だ。私にはそんなお金はない。

男性が車から降りてきたので、キャリーは慌てて後ずさった。彼は記憶にあるよりも背が高く、いっそう魅力的だ。

キャリーは身をこわばらせ、ショルダーバッグのひもを強く握った。「ドレスの件ですね?」動揺のあまり、思わず口走る。

男性の眉間《みけん》にしわが寄った。その表情はいかめしく、いかにも金持ちらしい雰囲気や上等な身なり以上に、近づきがたいものがあった。

「あなたの恋人のドレスを私が汚してしまった件でお話があるんでしょう?」キャリーは続けた。

彼はその問いを無視して尋ねた。「なぜあの画廊にいないんだ?」

非難めいた口調にひるみ、キャリーは喉をごくりと鳴らした。そして、しかたなく答えた。「くびになったんです」

男性はキャリーの知らない言葉で何か言った。遅まきながら、彼が外国人だと気づく。だから、肌が浅黒く、瞳が黒いのだ。

「くびになった?」彼はきき返した。

キャリーはうなずき、バッグをしっかり抱きかかえた。「本当にごめんなさい。クリーニング代は私のお給料から支払われると聞いていたのですが」

「ドレスなら心配いらない」男性はいらだたしげに手を振った。「それより、君があの仕事に戻りたいなら、僕がなんとかしよう。あれはどう見ても避けようがなかったし、君の責任ではない」

キャリーはきまりが悪くなり、頬がかっと熱くなるのを感じた。「いいんです。お気遣いには感謝します。本当にご迷惑をおかけしました」急いで言って歩きだそうとしたとき、肘をつかまれた。

「よかったら、送らせてもらえないか」男性の声から険しさが消え、温かみを帯びた。

その言葉に含まれている重大な意味を悟り、キャリーは彼をまじまじと見返した。つかまれた肘が燃えるようだ。「送る?」おうむ返しに尋ねる。「いえ、歩いて帰りますからけっこうです。ご親切にありがとうございます」

「お願いだ、そうさせてくれ。君が職を失ったことに対する、せめてもの罪ほろぼしがしたいんだ」

「でも、あなたには関係のないことです」

「僕がもっと早く気づいていれば、君のトレイを押さえることができた。さあ、どこまで乗せていけばいい？」

キャリーの肘をつかむ男性の手に力がこもった。開いたドアから車内になかば強引に引っ張りこまれそうになる。「いえ、本当にそんな必要はありませんから」彼の恋人は、美しいドレスを台なしにしたウエイトレスが乗りこんできたら、きっと気を悪くするだろう。

彼女は頑として抵抗した。

「さあ、早く」彼の口調にいらだちがこもる。「これ以上、後続車を待たせるわけにはいかない」

後ろにでき始めた車の列を目にしたキャリーは、断りきれず車の中に足を踏み入れた。

こわごわ車内を見やるが、あの黒髪の女性の姿はない。

「あの方は？」キャリーはきかずにはいられなかった。

男性はしなやかな身ごなしで彼女の向かいに座り、シートベルトをすばやく締めた。

「あの方とは？」顔をしかめてキャリーを見つめる。

「私がドレスを汚してしまった方、つまり、あなたの恋人……」

にわかに男性の表情が晴れた。「彼女は恋人ではない」

キャリーは胸がざわつくのを感じた。あの洗練された黒髪の女性は、この人の恋人ではなかったのだ。

いいえ、恋人であろうとなかろうと、私には関係ないわ。それにしても、この人はどういうつもりかしら？　もちろん、私が仕事を失ったことを知って後ろめたさを感じているだけよ。

彼女はまた喉をごくりと鳴らした。「では、ボンド・ストリートまでお願いします」

彼が運転手に行き先を告げるや、車は発進した。キャリーは豪勢な革張りのシートに身を沈めた。これほどの高級車に乗ったのは生まれて初めてだった。

彼が身を乗りだしてボタンを押すと、向かい合う二人のあいだの広い空間に棚が現れた。棚にはシャンパンの瓶とグラスが並んでいる。彼はボトルを取って慣れた手つきで栓を抜き、泡立つ液体をグラスについだ。

キャリーは目を丸くし、呆然《ぼうぜん》と眺めていた。

「まあ……」差しだされたグラスを見て彼女は感嘆の声をあげ、反射的にグラスを手にした。

彼の口もとに微笑らしきものが宿った。彼は自分のグラスにもシャンパンをつぎ、ボトルを元に戻した。それからシートに悠然ともたれ、キャリーと視線を合わせた。

「いいシャンパンだよ」彼女の反応を愉快に思ったのか、男性の口もとに再び微笑らしきものがのぞいた。細やかな泡の立つ液体を口いっぱいに含み、満足げに言葉を継ぐ。「ああ、申しぶんなしだ。君も飲んでごらん」

キャリーはシャンパンをひと口飲んだ。冷えた淡い金色の液体が喉を滑っていく。彼女は目をみはった。シャンパンに詳しくなくても、これが極上品であることくらいはわかった。

「どうだい?」

彼にきかれ、キャリーは不思議な気分になった。見ず知らずの男性とシャンパンを飲むなんて……。でも、ここは往来の真ん中よ。確かに普通とは言えない状況だけれど、危険はない。

「すばらしい味だわ」ほかに言いようがない。キャリーはもうひと口、じっくり味わった。

「それは何よりだ」男性はまたシャンパンを口に含み、長い脚を前に伸ばして彼女を見つめた。

ああ、なんてすてきな人なの。キャリーは頬が紅潮するのを止めようがなかった。この男性に見つめられると体じゅうの神経がざわめく。彼女は思わずシャンパンを勢いよくあおった。炭酸の泡が喉を刺激し、体じゅうの血管まで泡立つようだ。

「どこで夕食をとろうか?」彼が不意に尋ねた。相変わらず口調はなめらかだ。

キャリーは息をのんだ。「夕食ですって？」

彼は半分空いたグラスを静かに揺らし、当然のことをきくなと言わんばかりにうなずいた。

消えかかっていた警戒心が頭をもたげ、キャリーは男性をじっと見返した。彼は視線をそらさない。

「でも……私はあなたを知らないわ」彼女は張りつめた低い声で言った。「行きずりの、素性も知れない人と食事をともにするなんて……」

アレクシーズはこれまで素性を疑われたことなどなかった。それだけに彼女の態度は新鮮で、刺激的だった。そして自分のしていることも新鮮だった。

しかし、彼女が警戒するのはもっともだ。頭の半分が、性急すぎるやり方は後悔のもとだぞ、と告げている。なのにもう半分は、このまま突き進めとけしかけている。どのみち、危険はない。彼女には不愉快な印象は皆無だ。むしろ、最初の印象どおり、実に愛らしい。ならば、このまま彼女と夜のひとときを過ごしてもいいんじゃないか？　僕は衝動的に車を止めさせた。それにはきっと何かわけがある。あのとき彼女は背中を丸め、うつむいて歩いていた。見るからに……打ちひしがれていた。

彼女には慰めが必要なのだ。だから、この気まぐれな申し出は彼女にとってもありがたいだろう。彼女が望まないことまで期待したりしないし、成り行きしだいでやめてもいい。

とはいえ、まだ彼女を手放すのは惜しい。いまは彼女を安心させ、警戒心を解くべきだ。大都会ロンドンは彼女のようなうら若い美しい女性には危険な街だから、警戒するのも当然だろう。

アレクシーズは上着の内ポケットに手を滑りこませて銀製の薄い名刺入れを取りだし、一枚抜き取って彼女に差しだした。「これで安心してもらえるだろう」

彼女は名刺を受け取り、じっと見つめた。「アレク……シーズ・ニコ……ライ……デス」耳慣れない名前をゆっくりと発音する。

「ニコライデス・グループの名前は耳にしたことがあるだろう?」その声にはやや傲慢《ごうまん》な響きがあった。

彼女は首を横に振った。

アレクシーズはまたも新鮮な驚きに打たれた。ニコライデスの名を知らない者がいるとは! いや、彼女はしがないウエイトレスだから、知らなくても不思議はない。

「我がグループは各国の株式市場に上場しているし、資産価値は一兆ユーロ近い。僕はその社長で、父が会長を務めている。だから、僕はきわめて信頼の置ける人間だと思う。危険などまったくない」

キャリーはアレクシーズ・ニコライデスを見つめた。彼のファーストネームが彼女の頭の中でこだましている。その響きは体の奥深くまで震わせるように思えた。

彼女は困惑した。車を止めて降ろしてと、いますぐ言うべきだわ。さっさとこの男性から離れるのよ。そして狭くてみすぼらしい家に帰り、いつもどおりの粗末な夕食をとるのよ。

それは想像するだけで気持ちがめいる、わびしく憂鬱《ゆううつ》な光景だった。すると、別の考えが浮かんだ。

彼と夕食をともにするのがそんなにいけないことなの？　アレクシーズ・ニコライデスという大富豪に違いない男性と豪華な車の中でシャンパンを飲み、それから夕食をともにするなんて、一生に一度あるかないかの体験でしょう？

ただし、キャリーを魅了しているのは、彼の富でも豪華な車でもシャンパンでもない。彼女が惹《ひ》かれたのは彼そのものだった。彼をひと目見た瞬間から、まぶしいほどの魅力的な容姿に胸がときめいた。彼を見ていると、自分の中にある理性や分別が根こそぎ吹き飛ばされそうだ。代わって別の衝動がしきりに何かを訴えかける。その訴えはますます強くなり、説得力を増してくる。彼女の気持ちは急速にそちらへ傾いていった。別にいいじゃないの。今夜は差し迫った用事があるわけではないし、失うものなどないんだから。

「さあ」

アレクシーズの声にキャリーの物思いは遮られた。

「一緒に夕食を楽しもう」

キャリーの中で葛藤《かっとう》が激しさを増した。「そうね……」ぽつりとつぶやく。「どうしようかしら？」彼女はそこで言葉を切り、決断を促す言葉を待つように彼に目を向けた。

「よし、決まりだ！」アレクシーズは言った。「どこか行きたい場所はあるかな？　君に任せるよ」

「いいえ、ロンドンには詳しくないので」

アレクシーズはほほ笑んだ。「では、任せてくれ。僕はよく知っている」

彼の笑顔に魅せられ、キャリーは何も言えなかった。彼の顔から笑みが消えると、彼女はますます落ち着きを失った。彼がシャンパンを再び口に含んだので、彼女もつられたようにグラスを口に運ぶ。

「ところで、君は僕の名前を知ったけれど、僕は君の名前を知らない」

「キャリーです」彼女はためらいがちに自分の名を告げた。「キャリー・リチャーズよ」

彼女が頬をかすかに染めるのを見て、アレクシーズはこの日何度目かの新鮮な驚きにとらわれた。たいていの女性は自分のほうから名乗り、彼の関心を引こうとした。

「キャリー」彼はグラスを掲げて乾杯のしぐさをした。「知り合えて光栄だよ」にこやかに言う。

キャリーは唇を噛《か》んだ。この冒険さながらの成り行きがいまだに信じられなかった。動揺のあまり、彼女の口もとを見つめるアレクシーズの視線にも気づかなかった。キャリーはもうひと口シャンパンを飲んだ。冷えた液体が泡立ちながら喉を滑り落ち、それが血管までしみ渡っていく。その拍子に心が浮き立ってきた。職を失った憂いも、ロンドンでのわびしいひとり暮らしもどこかへ追いやられ、夢見心地のひとときをくれた彼への感謝で胸がいっぱいになった。

「どこへ行くの？」キャリーはわくわくして尋ねた。

「僕の泊まっているホテルはテムズ川沿いにあり、三ツ星レストランが入っている」

「まあ」キャリーは顔を曇らせた。「私、まだウエイトレスの格好のままだわ。こんなみっともない格好では行けないし、そもそも、私はそういう立派なお店にふさわしい服なんか持っていないし」

アレクシーズは軽く手を振って受け流した。「大丈夫、僕に任せてくれ」彼は再びキャリーにほほ笑みかけた。

車内の淡い照明の下でその微笑を見て、キャリーは不安に駆られた。一瞬、彼がひそかな楽しみを期待してほくそ笑んだように見えたのだ。しかし彼はその笑みをたちまち消し、また話しかけてきた。

「ロンドン暮らしは長いのかい？」

キャリーはかぶりを振った。「いいえ、まだ三カ月よ」

「じゃあ、毎日が刺激的で楽しいだろうね」なにしろ彼女は若くて美しいのだから、とアレクシーズは思った。ところが、彼女は即座にかぶりを振った。

「いいえ、この街は大嫌い！」

アレクシーズは驚いた。「どうして？」

「失礼で思いやりのない人ばかり。みんなが人を押しのけ、せかせか歩いていて」

「だったら、なぜこの街にいる？」

キャリーはぎこちなく肩をすくめた。「仕事の口があるからよ」

「君の郷里にはウエイトレスはいないのか？」

彼女が口を開きかけて思い直し、言葉をのみこんだのを見て、アレクシーズは悔やんだ。キャリーは僕の言葉を皮肉と受け取ったのかもしれない。そんなつもりはなかった。彼女のように美しい娘がロンドンへの嫌悪をむきだしにしたことが意外だっただけだ。彼女なら引く手あまたで、どんな男も思いのままだろうに。

その光景を思い浮かべるだけで、彼は下腹部が反応するのを感じた。彼女にはほかの男を選んでほしくない。もっとも、僕と一緒にいるかぎり、ほかの男に目を向けることはないだろう。

それは彼も同じだった。この娘がいるかぎり……。

その点に関しては疑いようがない。アレクシーズはキャリーをしげしげと眺めた。彼女には確かに不思議な魅力がある。それが何かわからないが、その魅力が彼の中で刻一刻と大きくなっていた。

「それで、君の故郷はどこなんだ？」彼女のためらうしぐさに気をそそられながら尋ねた。僕の知っている女性たちはみな、誘うまでもなく向こうから飛びついてきた。決してキャリーのように唇を噛んで思案したりしなかった。ああ、なんて心を揺さぶられるしぐさなのだろう。

再び体が反応し、アレクシーズはそれを必死に抑えなければならなかった。いまは彼女の警戒心を解き、ゆったりした気分にさせることが先決だ。そうすれば今夜は……。

「出身は……マーチェスターという町よ」キャリーは答えた。「イングランドの中部地方にあるの」

初めて聞く地名で関心もなかったが、アレクシーズは興味を引かれたふりをして質問を続けた。

やがて、車はホテル正面の長い柱廊の下に到着した。そこはテムズ川北岸の遊歩道を一望できる、ロンドンでも有数のホテルだった。

運転手がドアを開けた。先に降りたアレクシーズが彼女に手を貸す。キャリーは遠慮がちに彼の手を握り、車を降りた。それもアレクシーズには新鮮だった。ホテルに入るとき、彼女はレインコートを抱きしめるようにして不安げにあたりを見まわした。

「心配しないでいい。人がいっぱいのレストランになど連れていかないから」アレクシーズは請け合った。「階上《うえ》にもっと静かな場所がある」

エレベーターが二人を最上階まで運んでいくあいだ、彼女が唇を噛みしめていることに気づき、アレクシーズははっとした。僕は本当にこんなことをしていいのだろうか？

すると、キャリーが彼のほうを向き、おずおずとほほ笑みかけた。アレクシーズの中で何かがはじけ、迷いが消えた。

「大丈夫だよ」彼は言った。「約束する」

「でも、あなたは……」

「君をロンドンの街角で引っかけた行きずりの男なんだろう？」

キャリーは頬を染めた。彼は私の不安や懸念を察し、わざとそんな言い方をしたのだ。

「だが、アイルランドにはこんな格言がある」アレクシーズは続けた。「〝友人もかつては赤の他人だった〟とね。そのとおりだろう？　別の場所で出会ったとしても、やっぱり僕は君を夕食に誘ったと思う。どんなふうに知り合ったかなんて、たいした問題ではない。大事なのは僕らはすでに知り合ったということだ。夕食をともにすれば、もっとよく知り合える。けれど、君が望まないことは何もしない。絶対に。嘘《うそ》は言わない」

彼女を見すえるアレクシーズの真剣な顔に、不意に微笑が浮かんだ。キャリーは先ほど車内で彼のすばらしい微笑を目にしたときと同じように、心が浮き立つのを感じた。

彼女は胸を高鳴らせながら、ゆっくりうなずいた。私はばかなまねをしているわけではない。ただ……我を忘れているだけ。でも、それがどうしていけないの？　いまこの男性から離れるなんてとてもできない。そんな強い意志は私にはない。それに、その必要もないでしょう？　彼はいかがわしい男ではなく、むしろその反対だもの。途方もなくすてきで、あらがいがたい魅力にあふれている。

こんな男性に出会う機会は、もう二度とないだろう。

エレベーターのドアが開き、キャリーはドアの外に足を踏みだした。彼女の血はたぎり、体の中でシャンパンが泡立っているようだった。

3

アレクシーズは人の少ない静かな場所に連れていくと約束したが、その言葉に嘘《うそ》はなかった。そこはスイートルーム内のダイニングルームで、眼下にテムズ川沿いの遊歩道や静かな流れを一望できた。キャリーはその眺めに目をみはり、川面《かわも》や向こう岸の建物を声もなく見つめた。

「ロイヤル・フェスティバル・ホールにナショナル・シアター、そしてへイワード・ギャラリー……サウスバンクの全景だ」説明しながらアレクシーズは背後からキャリーに近づき、片方の手をさりげなく彼女の肩にのせた。薄いブラウスの下で彼女の体が熱を帯びる。しかし、彼女が小動物のようにびくっと体を震わせたので、すぐに手を離した。

アレクシーズはキャリーから離れ、その後ろ姿を眺めた。思わず口もとが緩む。彼女はウエイトレスの制服をみっともないと言っていたが、彼にとっては別の意味を持っていた。いまそれを面と向かって言うわけにはいかないものの、これからゆっくり楽しむつもりだった。

アレクシーズはまず、夕食を楽しむことから始めた。キャリーの不安やためらいをなくそうと、ロンドンの芸術や文化についてのありふれた話題を持ちだした。ところが、彼女はきまり悪そうな顔で、芝居は見ないし、絵画もさっぱりわからないと答えた。彼はとっさに、画廊でマリッサが美術界の現状について得々と語っていた姿を思い出し、その話題は避けたほうがいいと悟った。しゃべっているのはアレクシーズばかりで、気のきいた会話にはならなかったが、彼は少しも退屈しなかった。キャリーがくつろぎ、楽しく過ごしてくれれば、それでいい。そして、彼の誘いに応じてほしかった。

もちろん、露骨に誘いかけるようなまねはしなかった。キャリーは誘惑に乗るタイプではない。そう、男は彼女に求愛しなくてはいけないのだ。それに彼は約束した。君が望まないことは何もしない、と。

いま、キャリーが返事をしなくてすむように選んだ話題――ロンドンの観光スポットについて話しながら、アレクシーズは彼女を冷静に品定めした。おそらく二十代のなかばだろう。内気な性格は彼にとって好ましい要素だ。さもなければ惹《ひ》かれたりしなかっただろう。また、その年ごろからしてもバージンではなさそうだ。バージンなら、僕は強いためらいを覚えるに違いない。実際はこのとおり、キャリーを手に入れようと試みている。

そして、彼女は自分の意思でここにいる。キャリーがひとことといやだと言えば、指一本触れずに帰すだろう。彼女がいやがることは決してしない。ひと晩、二人で楽しい時間を過ごすだけだ……。

アレクシーズは自らの結論に満足し、二人のグラスにシャンパンをつぎ足した。

時間と手間をふんだんにかけた見事な料理がテーブルに運ばれ、すばらしい夕食となった。食事がすむと、アレクシーズは給仕係たちを下がらせ、コーヒーを飲むために彼女をソファへいざなった。ここで彼女を不安にさせたくないので、彼はソファの端に腰を下ろした。

アレクシーズはキャリーが欲しくてたまらなかった。動機はいたって単純で、彼女がこれまで出会ったことのないタイプの美女だからだ。日ごろ慣れ親しんでいる、自信家でプライドの高い女性たちとはまったく違う。だからこそ、惹かれたのだ。

女性にこんな近づき方をするのは初めてだった。キャリーを慰めたい気持ちはあるが、恩着せがましいまねはしたくない。彼女にはとても新鮮な体験のようだ。このひとときを大いに楽しんでほしい。

妙だ、とアレクシーズは思った。いつもなら女性の好きにさせたりはしないのに。甘い顔をすれば、彼女たちはつけあがり、僕の生活にずかずか入りこんでくる。だが、この娘がそんなまねをするだろうか？　彼にはなぜかわかっていた。キャリーは決してそんなまねはしない、と。

それもまた、彼女にしかない魅力だ。

キャリーはいま、優美な銀細工のトレイから豪華なトリュフチョコレートをつまんで食べていた。

「食べちゃいけないとわかっているんだけれど」キャリーはほほ笑んだ。しかし、食事中と同じく、彼と目を合わせようとしなかった。「でも、この誘惑には勝てないわ」

アレクシーズはにっこりして、彼女の肩に触れないよう注意しながらソファの背に片方の腕をまわした。彼女の体を一瞥《いちべつ》する。ぴったりしたブラウス、白いエプロン、黒のタイトスカートに黒のストッキング。官能的だが、露骨な印象はない。アレクシーズは自分の中に欲望がわきあがるのを感じた。同時に期待がふくらむ。

「誘惑に勝つ必要などないさ」

キャリーが目をしばたたいた。

なんと刺激的なしぐさなのだろう。彼女は自分がいかに魅惑的な格好をしているのか気づいていないのかもしれない。しかし、こちらの誘いには応じているし、二人のあいだに何が起こっているかは理解している。

これこそ、僕が求めてやまないものだ。

キャリーはチョコレートを食べ終え、コーヒーのカップに手を伸ばした。アレクシーズもカップを手に取りながら、彼女のスカートの裾《すそ》からのぞく膝を盗み見た。たちまち彼の興奮は高まった。焦ってはいけない。さもないと彼女を怖がらせてしまう。こんなアプローチの仕方はこれまで経験がなく、いっそう胸が躍った。

彼女の落ち着かない気分が手に取るように伝わってくる。ひどく緊張しているのだ。

コーヒーを飲み終えるなり、キャリーは腰を上げた。「もう帰らなければ」彼女の声は震えていた。

「帰りたいのかい？」

柔らかな巻き毛が彼女の顔を縁どり、黒のストッキングとタイトスカートがほっそりした美しい脚を引き立てている。白いぴったりしたブラウスの胸は張りつめていた。

アレクシーズは彼女を帰す気などなかった。

キャリーは頬を紅潮させ、ためらいを目に浮かべながら無言で彼を見つめた。アレクシーズはカップをテーブルに置き、彼女の目を見つめ返した。

「僕は君にぜひ、ここにいてほしい」

キャリーが唇を噛《か》むのを見て、アレクシーズは立ちあがり、彼女に近づいた。キャリーは動かない。

「心配はいらないよ」アレクシーズは低い声で告げた。「帰りたくなったら、いつでも車を呼ぶよ。さっき約束したとおりだ。いまそうしたいなら、そうしてもいい。ただし……」彼のまなざしが真剣さを増す。「その前に……」

アレクシーズはキャリーにいっそう身を寄せ、考えるゆとりを与えずに彼女の顔を両の手で包みこんだ。なめらかで豊かな髪に指を差し入れて顔を上向かせ、唇を重ねる。彼女の唇はとろけるほど柔らかで温かく、甘い味がした。キスを深め、甘い蜜《みつ》を味わう。

キャリーは抵抗しなかった。喉の奥で軽くため息をついただけで唇を開き、アレクシーズの舌が口の中を巧みに探るのに任せている。彼の厚い胸板とキャリーの胸のふくらみがこすれ合う。彼女の胸の頂が硬くなっているのを感じると、アレクシーズはさらなる興奮を覚えた。

なおもキスを深めつつ、アレクシーズは左手をゆっくりと移動させてキャリーの背中にあてがい、彼女を抱き寄せた。続いてその手を背骨に沿ってタイトスカートに覆われたヒップまでゆっくりと下げていった。

キャリーが軽くあえいだ。

アレクシーズは奮い立って、片手をさらに下げてスカートをめくりあげ、下腹部を覆う薄い生地に手をあてがった。彼の中で欲望が強烈にはじけ、全身が強く張りつめる。たまらなくなって彼は顔を少し離して声を発した。その声は彼自身の耳にも別の誰かがどこか遠くから発したように聞こえた。

「まだ帰りたいかい、キャリー?」

彼女はぼんやりとアレクシーズを見つめていた。目を大きくみはり、口を半開きにしている。喉もとの激しい動きにも呼吸の荒さが如実に表れていた。

キャリーは返事をしなかった。

アレクシーズはわきあがる勝利感に身をゆだね、再び唇を重ねた。

キャリーはアレクシーズのたくましい体に寄り添い、横になっていた。いまだに肌がほてり、心臓が激しく打っている。どんなに想像力を駆使しても決して想像できない体験をしたばかりだった。

ああ、愛の営みがこれほど圧倒的なものだとは思いもしなかった！　畏怖《いふ》の念がキャリーの体を熱く焦がした。

抵抗など、最初から不可能だったのだ。引き返す道はどこにもなかった。運命的な再会のあと、車の中で彼に見つめられ、沈んでいた気分がたちまち浮き立ったあの瞬間からわかっていた。思い描いていた夢が、訪れてほしいと願っていた未来が、現実になったのだ。

夕食後のコーヒーを飲み終えて立ちあがった瞬間、キャリーは決断の時がきたと悟った。決断するべきは、この豪華なスイートルームに泊まるのか、それともわびしい自宅に帰るのか、どちらを選ぶかということだった。そして、これから起ころうとしていることを受け入れたいのかどうか考えたすえに彼女が下した決断は〝イエス〟だった。

出会って以来、アレクシーズが仕掛けている誘惑に、キャリーは屈したのだ。

キャリーは寝室の薄闇《うすやみ》の向こうを見つめた。あのとき彼が私にキスしなかったら、私は別の決断を下したかしら？

わからない。アレクシーズは実際にキスをしたのだから。彼のひんやりした長い指が髪に触れ、それから唇が重ねられた瞬間、私はすでに心を決めていた。

だから、いまさら後悔なんてできない……いいえ、後悔などしていない。とんでもないわ。

あれはまさに官能の宴《うたげ》だった！　アレクシーズに触れられて体じゅうがとろけ、思いもよらなかった欲望が体の奥からわきだした。触れられるたびに欲望はかきたてられ、やがて信じられないほど激しい快感の波が尽きることなく押し寄せた。そして意識さえも焼きつくす欲望の炎に身を焼かれながら、純粋な官能の世界に浸りきっていた。

いまなお、キャリーの体は愛の余韻に小刻みに震えていた。アレクシーズのたくましい腕が腰にぴたりと張りついている。決して放さないと言わんばかりに。

彼の腕の中から、彼のベッドから……。

4

ファーストクラスの個室で革張りのゆったりしたシートに座り、キャリーはこの信じがたい状況に圧倒されていた。

私は、いったい何をしているの？

筋道立てて考えるのは難しかった。というより、あれこれ考えるより、ただ受け入れていたかった。こんなことは最初で最後の経験に違いない。つい数時間前に会ったばかりの男性と想像を絶するすばらしい一夜を過ごしたあげく、彼とともにニューヨーク行きのジェット機に乗っているなんて！

まるで夢物語だわ。つらいとき、気分を明るくしようとして思い描く空想。クリームたっぷりのケーキを食べたり、ベルギーチョコレートをひと箱空けるのと同じようなものよ。

キャリーは、隣に座っているこの世でいちばんすてきな男性に目を向けた。この人は、トレイいっぱいに盛られた、私だけのクリームケーキとベルギーチョコレートだわ。

その夢のような男性の横顔をキャリーはうっとりと眺めた。彼は長い脚を伸ばし、テーブルにのせたパソコンの画面を凝視している。彼女の胸はまたたく間にときめいた。あまりにすてきなので、つい見とれてしまう。彼のすべてが途方もなく魅力的だ。たくましいうなじや、きれいに整えられたつややかな黒髪、力強い顎の線、そして、見る者をとろけさせる目と、それを縁取るまつげ……。

キャリーはこのうえない幸福な気分に包まれ、シャンパンの泡さながらに体がはじけ、いまにもシートから体が浮いてしまいそうだった。

世界一の男性が私をニューヨークに連れていき、一緒に過ごそうとしている！　その思いが媚薬《びやく》のように彼女を酔わせた。

だが、もう一つの思いもあった。

私はいったい何をしているの？

キャリーにわかるのは、自分がこの成り行きに驚きながらも、それに身を任せているということのみだ。こうするよりほかなかった。彼を拒むなど絶対にできない。

たった一日足らずのうちに、キャリーの生活はがらりと変わった。まるで、なすすべもなく奔流に押し流されるように。

でも、なるようにしかならないのよ。キャリーは自分にそう言い聞かせ、ため息をもらした。それはまぎれもない至福のため息だった。

アレクシーズはそぐそばにあるキャリーのしなやかで美しい体を強く意識していた。そして、彼女の吐息や息遣いに気づいてはちらりと横目で眺め、満足げな表情で仕事に戻った。

実にすばらしい決断だった。夜道を行くキャリーに気づいて衝動的に車を止めさせたのも、彼女の極上の体を自分のものにしたのも。

ゆうべは最高の夜だった。キャリーとの愛の営みが特別だったのは、出会いが新鮮だったせいだけではない。アレクシーズは彼女との関係をしばらく続けたいと思い、意を決した。キャリーを出張先のニューヨークに連れていくのだ。もちろん、衝動的な決断だった。ふだんは仕事に女性を同行したりしない。だが、キャリーは連れていく。

アレクシーズはその理由を急いで考えた。彼女は美しい。大きな瞳やブロンドの髪、優しい口もとが自分好みだということに、彼はいまになって気づいた。キャリーの体は彼の理想そのものだった。柔らかな胸、しなやかにくびれたウエスト、ほどよい丸みのヒップ、そして、すらりと伸びた脚。肌はしっとりとなめらかで、熟しかけた桃の花びらを思わせる。

予想どおり、彼女はバージンではなかった。ただし、経験が少ないことや、これまでエクスタシーを味わったことがなかったのは明らかだ。昨夜の記憶が頭をかすめ、アレクシーズの口もとがつい緩んだ。

キャリーは何度ものぼりつめた。声をあげ、目をみはり、驚きと至福の表情を顔に浮かべた。彼女に初めての喜びを与えたことに、アレクシーズは感動を覚えた。

経験豊富なアレクシーズにしても、ベッドで相手に手取り足取り教えたケースはさほどない。彼は快感以上のものを手に入れたのだ。キャリーの体が燃えあがるさまを無性に見ていたかったし、彼女があげる叫び声をいつまでも聞いていたかった。キャリーが絶頂をきわめたあとは、ぐったりした体を腕に抱いて優しくなだめた。そのあとで自らの欲望を心ゆくまで満たしたときは、生まれて初めて味わうと言っていい感覚に酔いしれた。

当然だろう？　キャリーはいつもの相手とはタイプが違うのだから、こちらの感じ方も違ってくる。そう、いつもと違うというにすぎない。

アレクシーズは視線をキャリーに向けた。彼女は分厚い雑誌を静かにめくっている。少しうつむいているが、愛らしい横顔がよく見える。そうだ、彼女は確かにいつもの相手とは違う。ただし、それは外見やスタイルにとどまらない。

性格も違うのだ。

キャリーは控えめで物静かだ。彼女のほうから話しかけてくることはめったにないし、洗練された会話を交わしたり、それを要求したりすることもない。はにかんで目を合わせ、そのまま見つめていようかどうしようかと迷ったあげく、視線をすっとそらす。また、ほかの女性たちのように、男性の関心を浴びて喜んだりもしなかった。

空港で搭乗を待つあいだ、キャリーは男性たちの注目を集めていた。けれども、本人はいたって無頓着《むとんちゃく》で、何かの拍子に気づいたときも、不快に思っている様子だった。彼女ほどの美貌《びぼう》の持ち主がそんな態度をとるとは、とうてい信じがたかった。

キャリーは昼間、アレクシーズの個人秘書が手配したスタイリストとともにナイツブリッジへ衣類の買い物に出かけたが、それにかかった費用をひどく気に病んでいた。しかし、キャリーが空港のVIP専用ラウンジに入ってきたとき、彼はそれだけの金をかけた成果があったことを知った。

ゆうべのキャリーの黒と白のウエイトレス姿が官能美を体現していたとすれば、いまの彼女はまさに目をみはるほどの洗練された美を全身にあふれさせている。七分袖《しちぶそで》の上着にタイトスカートの、淡いブルーのスーツ。前髪を上げ、シンプルで美しさの際立つシニョンにまとめた髪。その横顔は中世の宗教画に描かれた聖母マリアを思わせた。

アレクシーズはキャリーから目を離せなかった。

そして、彼は決断を下したのだ。

ニューヨークでアレクシーズと過ごす二週間は、これまでの生活とはかけ離れた日々だった。日ごと夜ごと、キャリー本来の暮らしは彼方《かなた》に遠のき、新しい生活が現実味を増していった。

夢が現実になったのだ。

まさに私は物語のヒロインだわ、とキャリーは思った。セントラルパークの近くに立つ世界的に有名なホテルのスイートルームに泊まり、豪華なダイニングルームで食事をとる。おまけに、毎晩のように、雑誌でしかお目にかかれなかった高価なドレスに身を包み、豪華なパーティに連れていかれるんだもの。パーティ会場はマンハッタンの豪勢なアパートメントだったり、ロングアイランドのお屋敷だったり。王妃が着るような美しいイブニングドレスで着飾り、高価なシャンパンを水のごとく飲んで……。

何より晴れがましいのは、アレクシーズがそばにいることだ。

彼のことを考えただけで、恋しさのあまりキャリーはせつなくなった。だから、彼のいない時間は気が遠くなるくらい長く感じられた。

快活で如才ないアレクシーズに比べ、キャリーは社交性に欠ける。しかし、彼はまったく気にしていないようだった。ニューヨークで出会った女性は、優秀なキャリアウーマンや、慈善事業の運営者、あるいは美術、ファッション、マスコミなどの業界で華々しく活躍している人物ばかりだった。そのため、キャリーは自分が退屈でつまらない人間に思えた。とはいえ、それで落ちこんだりはしなかった。

アレクシーズが気にしていないなら、別にいいんじゃない？　それに彼と二人きりのときは、キャリーは自分を退屈だとも、あかぬけていないとも思わなかった。彼と一緒にいると、キャリーは自分らしくしていられた。

なぜ彼が一緒にいてくれるのか、キャリーにはわからなかったが、尋ねもしなかった。いつまで一緒にいられるかもきかなかった。この夢物語にいつ幕が下ろされ、別れが訪れるのかなど、怖くてきけるはずがない。

いまは、この最高にロマンティックな夢物語の世界にひたっていればいい。キャリーは自分にそう言い聞かせた。

私の人生にアレクシーズのような男性は二度と現れない。単に富や外見の魅力だけでなく、彼自身が宝物なのだから。

でも、いつかは終わりがくる。

キャリーはかぶりを振ってその考えを追い払った。その時は必ずやってくるけれど、少なくともいまではない。おそらく今日でも、明日でもない。

だが、ついにニューヨークを去る日がやってきた。キャリーはまだ気持ちの整理がつかず、胸に重い塊がつかえているようだった。朝食のテーブルで、彼女はしょんぼりと料理をフォークでつついていた。

「食欲がないのかい？」

アレクシーズがいぶかしげに尋ねた。いつものキャリーなら、前夜の激しい営みで消耗したエネルギーを取り戻そうとするかのように、朝は旺盛《おうせい》な食欲を見せるのだ。

「ええ、あまりおなかがすいていなくて」キャリーはフォークを置いた。ふだんはきれいにたいらげる卵料理を半分も残している。

「体の具合でも悪いのか?」

キャリーはすばやくかぶりを振った。「いいえ。ただ……今日でニューヨークとお別れだから」

「おや、ニューヨークが好きになったのかい? そのわりには……」からかうように続ける。「君はほとんど買い物にも行かなかった。シカゴなら、その気になるかな?」

「シカゴって?」

「次の行き先さ」アレクシーズは答えた。「急いでロンドンに帰る必要はないだろう?」

キャリーは彼を見つめた。すると、胸につかえていた重い塊が春の雪のようにたちまち溶けていった。

そんな彼女の表情をアレクシーズはじっと観察していた。それはいつもと同じくとても楽しかった。ニューヨークでの最初の夜、高価なイブニングドレスを身にまとい、鏡に映った自分の姿を見つめているとき、彼女の顔は驚きと喜びに輝いていた。摩天楼の屋上でのカクテルパーティや、ハドソン川を下る豪華なクルーザーでのパーティのときも、それから最新のブロードウェイ・ミュージカルの特等席に連れていったときもそうだった。

もっとも、最高に楽しいのは、ベッドで愛を交わしているときのキャリーを眺めることだ。彼女が喜ぶさまを見ると、アレクシーズも喜びを感じた。

キャリーと一緒にいること自体にもアレクシーズは喜びを感じていた。彼にとっては珍しいことだった。ほかの女性たちから得られる喜びは、経験豊富なセックスに尽きたからだ。ただし、彼女たちは趣味や専門的な知識においても洗練されているので、社交上のパートナーとしてはうってつけだった。ところがキャリーは違う。アレクシーズにとって彼女はまるで日常の一部のようになっていた。

アレクシーズは顔をしかめた。いままで女性をそこまで親密な存在としてとらえたことはない。彼はさらに顔をしかめた。二人きりのとき、僕とキャリーは何をしている？　何を話している？　二人きりの時間の大半はベッドの中だ。もちろん、いつもというわけではない。朝食をとったり、おしゃべりをしたり、のんびりくつろぐ時間もある。では、真夜中や早朝にベッドで彼女を腕に抱いて安らいでいるときは、どんな話をしていただろう？

これといって記憶に残る話はしていない。

社交の場でのキャリーは、政治や経済、文化やファッションについて、あれこれ語ることはなかった。どんな話題でもそうだ。彼女ははにかむような笑みを浮かべてアレクシーズに静かに寄り添っている。だが、二人きりのときは違う。彼女は控えめでもなければ、自分を無理に抑えることもない。おしゃべりもする。ただし、平凡で気楽な話題ばかりだが。

それがつまらないと言ったら、彼女に酷だ。そんな辛辣《しんらつ》な評価は彼女の人柄には似つかわしくない。では、彼女にふさわしい評価はなんだ？

気立てがいい――そんな言葉が脳裏に浮かび、アレクシーズは眉をひそめた。ほかの女性が相手なら、欲望が高まったとき以外は思い出しもしない。ところが、キャリーは違う。重要な会議の最中にも、財務上の数字で頭がいっぱいのときも、彼は彼女のことを考えていた。だからといってホテルのスイートルームに飛んで帰り、彼女をベッドに押し倒したいわけではない。彼女のほほ笑みや、彼を見つめるまなざし、それに、その日見た場所や前の晩に会った人などについて質問するときの、かすかに眉を寄せるくせなどを思い返しているだけだ。

パーティから帰ると、二人はたいてい、その晩の出来事を話題にした。キャリーはパーティの主催者や客について自分の意見を口にしたが、彼らのことをあまり知らないのに、彼女の観察眼は鋭かった。キャリーが寡黙なのは観察する側に身を置いているからかもしれない。彼女は、顕微鏡を通して人々を熱心に観察し、彼らの生態を分析する研究者のようだった。

その思いつきにアレクシーズは思わず顔をほころばせた。キャリーは彼らと深く交わることはなく、いつも距離をおいている。

だが、僕にはそうじゃない。むしろその逆だ！　キャリーの僕に対する反応は開けっぴろげで、抑えるすべを知らない。たったいまも、彼女は二人の関係がまだ続くと知って、無邪気に目を輝かせている。

「つまり……」アレクシーズは彼女の表情豊かな顔に温かな視線を注いだ。「シカゴ行きの件は承知してくれるんだね？」

返事は聞くまでもなかった。キャリーは再びフォークを手に取り、いつもの食欲を見せ始めた。

5

アレクシーズと過ごすシカゴは、ニューヨークの日々と同様にすばらしかった。そのあとのサンフランシスコも、アトランタも、そして大西洋を渡り、ミラノに着いてからも、それは変わらなかった。どこにいても、何をしていても、彼と一緒ならキャリーは楽しかった。

彼が私を求めているうちは……。

確かにキャリーはアレクシーズに求められていた。それはまるで夢のようで、にわかには信じられなかった。けれど、キャリーは不思議に思ったり、不安に思ったりしないことに決めた。あたかも時間が止まってしまったかのようだ。過去と未来は時のはざまに滑り落ち、現在のみが彼女を夢の翼に乗せてさらってくれたのだ。その〝現在〟が続くかぎり、彼女にはアレクシーズしか見えない。たまらなく魅力的な彼しか。

アレクシーズと一緒に社交の場に出るとき、キャリーは臆《おく》することはあっても、気まずい思いや恥ずかしい思いをしたことはなかった。彼の友人や知人は都会的で教養豊かな人ばかりで、彼らから退屈な人間と見なされているのは、キャリーにもわかった。しかし、アレクシーズは少しも気にかけていないようだった。

なるべく考えないようにしていたとはいえ、アレクシーズ・ニコライデスほど洗練された有名人が彼女と一緒にいたがるのは、本当に不思議だった。強い性格の持ち主である彼は、自分と同じ自信家の女性を求めそうなものだ。

にもかかわらず、彼は依然としてキャリーをそばに置き、彼女に退屈したり飽きたりしたようなそぶりは少しも見せなかった。もっとも、キャリーにはアレクシーズの本心を確かめる勇気などとうていなかったが。

ミラノ随一のホテルでエレベーターに乗ってスイートルームまで上がっていくとき、キャリーはふと思った。彼の生活がもう少し落ち着いたものならいいのに、と。最初のうちこそ、海外の都市を次々に訪れ、豪華なホテルに滞在する暮らしにキャリーは感激した。ところが、空路を利用した長旅を何週間も続けるうち、一つの場所に落ち着きたい気持ちが生まれ始めていた。

恩知らずな質問だとは思いつつ、キャリーは彼に尋ねた。「あなたは、いつもこんなふうに旅ばかりしているの？」

アレクシーズはキャリーを一瞥《いちべつ》した。「ニコライデス・グループの会社は世界じゅうにあるからね。僕は常に目を配っておきたいんだ」彼はふと顔を曇らせた。「世界じゅうを飛びまわる生活に飽きたのかい?」

気遣わしげな声音を聞き、キャリーは申し訳なさそうにほほ笑んだ。「わがままかしら?」おずおずと言う。「いままで行ったこともないし、これから行くことのなさそうな場所に、いろいろ連れていってもらっているのに」

アレクシーズは彼女の手をすばやく握った。キャリーの手に彼の温かみと力強さが伝わる。

「ミラノでの仕事が終わったら……」アレクシーズは表情をやわらげて言った。「休暇をとろうか? 暖かくなってきたし、少しは仕事を離れていられる。どうかな?」

「もちろんよ。ああ、アレクシーズ、なんてすてきなの!」

彼はキャリーの手を取り、口もとに運んだ。「君もすてきだよ、かわいいキャリー」彼の唇が彼女の手の甲を優しく撫《な》でる。「最初の会議は一時間もかからない。君はまだ時差ぼけが残っているかい?」

彼女の頬にさっと赤みが差したので、返事を聞くまでもなかった。

その夜の食事はスイートルームに運ばせ、二人きりでとった。そんな機会はまれなので、キャリーの幸福感はさらに深まった。

「明日は絶対買い物に行こう」アレクシーズが唐突に言った。「せっかくファッションの都、ミラノに来たのだから」

「いいえ」キャリーは即座に断った。「服ならもうたくさんあるわ！　これ以上は必要ないもの」

アレクシーズの口もとに微笑が宿る。「僕に飾りたてられるのを拒んだ女性は君が初めてだ」

「私のために大金を浪費させることが心苦しいのよ、アレクシーズ」キャリーは唇を噛《か》んだ。

「金ならたっぷりある」アレクシーズは彼女をいとしげに見つめ、事もなげに言った。それでも彼女の顔から困惑の表情は消えなかった。

「あなたはとてもよく働く人だと知っているわ、アレクシーズ。でも……」キャリーが言いよどむのを見て彼が眉をひそめた。そこで彼女はためらいがちに続けた。「こんな生活は普通じゃない。絶えず飛行機で行ったり来たり、贅沢三昧《ぜいたくざんまい》をしてお金を湯水のように使っている。これが本当に……あなたのしたいことなの？　一生、こんな暮らしをしていきたいの？」

言い終えるなりキャリーは後悔した。その贅沢を自ら享受しているくせに、彼の生活態度に意見をするなんて、私は何様のつもり？

アレクシーズはグラスの脚に指をからませ、いぶかしげな目で彼女を見た。そのグラスを満たしているワインは、おそらくキャリーの一週間ぶんの収入をはたいても買えないだろう。

「身を固めて生活を改めたほうがいいと言っているのか？」

キャリーは息をのんだ。アレクシーズの声には、彼女を落ち着かない気分にさせる響きがあった。

「よけいなお世話でしょうけれど……そうね、あなたは身を固めたいとは思わないの？」

不意に彼の口もとがゆがんだ。「まるで母が言いそうなことだな」

「お母様が？」アレクシーズに母親が、いや、家族がいるなど、これまでキャリーは想像すらしなかった。なぜなら、彼は女性たちの理想を形にした、夢物語のヒーローなのだから。

アレクシーズは返事をせず、グラスにワインをつぎ足した。なぜ母のことなど口にしたんだ？　絶え間なく世界を飛びまわる生活の慌ただしさを指摘されたからだろうか？　だが、これは僕が望んで選んだ生活だ。母親の現実離れした期待から、さらに言えば、父親との好ましくない関係から逃れるために。

彼はグラスを口もとに運び、眉をひそめてキャリーを凝視した。彼女は〝身を固めたいとは思わないの？〟と尋ねた。つまり、キャリーは何かを期待しているということだろうか？　いつも僕が女性との関係に終止符を打つきっかけになる、例の期待を彼女もいだいているのか？

アレクシーズの口もとが引き締まった。まだキャリーとの関係を終わらせる気にはなれなかった。

そう、いま僕が望んでいるのは、仕事にわずらわされない場所に彼女を連れていき、そこでまるまる一週間、二人だけで過ごすことだ。ミラノでの仕事を急いでこなせば、週末には晴れて自由の身になれる。運がよければ、仕事抜きの休暇を一週間、ことによると二週間ひねりだせるかもしれない。

二人きりの休暇がとりわけうれしい理由はもう一つあった。ミラノの個人秘書の報告によると、アレクシーズの母親が至急電話をくれと連絡してきたらしい。これまでは仕事で手が離せないという理由で連絡を避けてきた。電話などしたら、ギリシアに立ち寄れという母の圧力に屈しかねない。母は、例によって彼の前に有望な花嫁候補をずらりと並べるだろう。目に見えるようだ。

彼はとたんに不愉快になった。母はなぜ、僕に結婚する意思がないことを受け入れないんだ？　別れた夫に恨みをいだくのはわかるが、母と父の権力闘争に参戦するつもりはない。僕は父とその恋人たちに好きなように楽しんでもらい、父に煩わされることなくニコライデス・グループを率いたいだけだ。王国の維持拡大を目的に資産家の跡取り娘と結婚する気など毛頭ない。

そろそろ母も現実を受け入れ、僕を解放してくれてもよさそうなものだが。

アレクシーズは、月明かりの下でキャリーと二人、クルーザーのデッキに立つ光景を頭に描いた。彼女を抱き寄せ、二人で海を眺めて……。

彼は思考を目前のことに切り替えた。まず、明日の晩はキャリーをスカラ座に連れていこう。新調の美しいイブニングドレスを身につけた彼女を見るのが楽しみだ。

「いいかい、キャリー」アレクシーズはおもむろに口を開いた。「明日は必ずクアドリャテロのブティック街に行ってくれ。イタリア一のオペラハウスで観劇するのにふさわしいドレスを買うんだよ」

「ドレスならどっさりあるわ」

「僕は君に最高の装いをしてほしいんだ」アレクシーズにはひそかなもくろみがあった。スカラ座に行けば、アドリアーナ・ガーソニが彼の前に姿を現すだろう。アドリアーナにはっきりと知らせたかった。君はもう過去の女にすぎない、と。

キャリーはドレスを新調した。むろんアレクシーズの勧めに従ったのだが、ひと目でその白い細身のドレスに魅了されたのも事実だった。ひだをゆったり取った身ごろに細い肩ひものついたイブニングドレスで、丈は足首まである。

髪は緩めのシニョンに結い、控えめな化粧をほどこした。オペラについては無知なので気おくれしていたが、彼にドレス姿を賞賛されたことが心の支えになった。

キャリーがはたしてオペラを気に入ってくれるかどうか、アレクシーズは案じていた。せっかくミラノまで来ながら、彼女はファッションにも美術にも興味を示さない。この街の歴史もイタリアのこともほとんど知らないようだ。とはいえ、それらに関するアレクシーズの話に、彼女は興味を示した。教養面の知識の欠落は彼女に知性がないからではない。特権階級に属する彼には高度な教育を受ける機会があったというだけのことだ。

キャリーは教養豊かとは言えないものの、気品があり、誰に対しても礼儀正しかった。温和な性格は生来のものらしい。その穏やかさはこれまでつき合った女性たちにはなかったもので、キャリーと一緒だとアレクシーズは気持ちが安らいだ。美貌《びぼう》ゆえに彼女を選んだと考える知人もいるが、彼は気にしなかった。キャリーの魅力は、過去の女性たちとは別のところにあり、それこそ彼の求めるものだった。

その思いを彼はスカラ座に着いたとたん新たにした。アドリアーナが彼の姿を認め、芝居がかった身ぶりで人波をかきわけて近づいてきたのだ。暗紅色のサテンのドレスに包まれた豊満な体も、豊かでつややかな黒い巻き毛も以前と変わらなかった。あらわな胸の谷間にルビーのネックレスを光らせ、息を弾ませながら、アドリアーナは早口のイタリア語で彼への非難をまくしたてた。

それに対し、アレクシーズは立ち止まりもせず、顔をしかめて応じた。「やあ、アドリアーナ」そう言ったきり、憤慨する彼女を置き去りにした。

傍らで身を硬くしながらもキャリーが何も尋ねようとしないので、アレクシーズはほっとしていた。

彼はキャリーの肘をつかむ手に力をこめ、階段をのぼって専用のボックスシートへと急いだ。途中、知人に会うたび何度も足を止める羽目になった。知人たちはアドリアーナの件にはいっさい触れなかった。それでも、彼のいないところでその件がゴシップの種にされることは百も承知していた。

ボックスシートについてようやく人目を逃れたとき、アレクシーズはため息をついた。

キャリーは眉を寄せてプログラムに見入っている。

「《蝶々夫人《ちょうちょうふじん》》は知っているかい？」アレクシーズは気さくに問いかけた。

「いいえ」キャリーはためらいがちに彼を見やった。「でも、ここにあらすじが書かれているわ」

「ああ。楽しめるといいね」彼は優しく言った。

キャリーはかすかに笑みを浮かべた。しかし、心は別の思いでいっぱいだった。さっきアレクシーズに近づいてきたのは昔の恋人かしら？　それとも恋人になりたがっている女性？　彼女が私に向けたさげすむようなまなざしには、明らかに敵意がこもっていた。彼女が誰なのかアレクシーズに尋ねたいが、何も言わないところを見ると、きっと触れられたくないのだろう。

考えるのをやめ、キャリーは場内を見まわした。最近改装したばかりの壮麗なオペラハウスは深紅と金色で絢爛豪華《けんらんごうか》に彩られ、馬蹄《ばてい》形のボックスシートが舞台を取り囲んでいる。オーケストラの音合わせがすむと照明が落とされ、指揮者が指揮台に立った。キャリーはこの一夜を満喫しようと椅子に深々と身を沈めた。

ところが、ゆったりと観賞するわけにはいかなかった。オペラそのものは感動的だったが、物語が進んでいくうちにしだいにいやな気分になった。哀れで愚かな蝶々夫人が物珍しさだけで彼女を選んだ男にうつつを抜かしているようで、つい我が身に置き換えてしまい、不安に駆られたのだ。男は異国の港で気まぐれから蝶々夫人とたわむれたにすぎず、決して彼女を真剣に思っているわけではない。なのに、ヒロインは優しい笑みや甘い言葉で骨抜きにされている。この悲劇が幕を閉じるころ、キャリーはすっかり陰鬱《いんうつ》な気分になっていた。

喝采《かっさい》がようやく鳴りやみ、観客が席を立ち始めたとき、アレクシーズがキャリーに問いかけた。「楽しめたかい？」

彼の顔つきは明らかに〝ええ〟という答えを期待している。キャリーは唇を噛んだ。

「いいえ」すまなそうに答える。それしか言いようがなかった。

アレクシーズの表情が変わった。「まあ……オペラに関しては好みが分かれるからな」

「ごめんなさい」キャリーは彼を失望させたことを悟った。とはいえ、うまく説明する自信がない。こんな晴れがましい場所に連れてきてもらって感謝しているのに、うっかりしたことを言ったら正反対に受け取られてしまいそうで怖かった。

「いいんだよ、キャリー」アレクシーズはあっさり応じた。「イギリス人の君からすれば、いささか感情に走りすぎているかもしれない。つくりすぎのメロドラマだったかな?」

キャリーは弱々しげにほほ笑み、彼とボックスシートをあとにした。《蝶々夫人》の結末は〝つくりすぎのメロドラマ〟かもしれないが、彼女にとっては単に悲惨な話だった。あの男性をどんなに愛していたにせよ、なぜヒロインは彼とのあいだにできた息子を彼の妻に渡し、自殺などできたのだろう?

頭の中でいまだに歌声が鳴り響いている。その旋律の荒々しいうねりがキャリーのさまざまな感情をかきたてた。悲しみ、無慈悲、残酷――そういった感情に突き動かされ、耐えがたいほど恐ろしいあの日がよみがえった。父親が彼女を学校から呼び戻したあの日。父は土気色の顔を涙で濡《ぬ》らしていた。そして、母がトラックにはねられて帰らぬ人となったことを告げた。

その父も、つい三カ月ほど前に亡くなった。三年に及ぶ闘病のすえ、力尽きたのだ。

キャリーは目をしばたたき、うなだれた。考えてはいけない。考えてどうなるものでもない。重要なのは、父が病との闘いに敗れる前に、人生最大の目的を成し遂げたということだ。

だから人生を、私の人生を歩み続けていかなくてはいけない。ひどくつらいが、実際それしか道はなかった。

あの、画廊での出会いまでは。

アレクシーズが私をとりこにし、私の人生を一変させてしまった。不意にキャリーは顔を曇らせた。これではまるで、あの不実な男性に心を奪われてしまった蝶々夫人そのものだわ。

だけど、私は哀れで愚かな蝶々夫人とは違う。

確かに私はアレクシーズのとりこになった。でも、それはいけないこと？　なるほど現実離れした展開かもしれないけれど、彼のような華やかですばらしい男性のとりこになって何が悪いの？　天にものぼる心地になることを約束されているのに、彼に抱かれるのを拒める女性などいるわけがない。むろん、こんな生活が長続きするはずはない。それでも、求められているあいだはずっと彼のそばにいたい。

その夜、アレクシーズの腕に包まれて横たわっているとき、キャリーの頭の中にオペラのあの高らかな歌声が再び響き渡り、彼女の胸を刺した。キャリーは暗闇《くらやみ》の中で目を凝らした。自分を包むアレクシーズの腕とたくましい胸板を強く意識する。いまの日々は夢の中の出来事かもしれない。しかし、彼女を抱く腕は間違いなく現実のものだ。

だからこそ、心が揺れる。

だからこそ、不安が胸をかき乱す。

しかし、朝になってまばゆい日差しを浴びると、そんな気持ちもすぐに消え去った。アレクシーズは彼女に優しくキスをしてから、休暇用の衣類を買うよう指示した。「週末までに仕事はすっかり片づくから、ジェノバに飛ぼう。船が待っている」アレクシーズはにっこりした。「二人だけの船がね」

キャリーの気分は一気に天まで舞いあがり、それっきり地上に下りてこなかった。悩みも迷いも吹き飛んだ。


二人の乗った豪華なクルーザーは、地中海の紺碧《こんぺき》の海原を、リビエラ海岸沿いにあるおしゃれなリゾート地、ポジターノを目指していた。

午後の日差しが降り注ぐ船室で愛を交わしているとき、陽光が海面に照り映え、二人のまわりで世界が優しく揺れていた。

いま、キャリーはアレクシーズの黒髪に手を差し入れ、彼をじっと眺めている。アレクシーズは枕《まくら》に片肘をつき、休暇の効用について考えながら彼女を見つめ返した。そして空いているほうの手で柔らかな唇の輪郭をなぞった。仕事を離れて二人でのんびり過ごすことにしてよかったと思う。キャリーに対していまだに激しい欲望を感じ、彼女との関係を楽しんでいる。自分でも不思議なくらいに。

彼女の顔に浮かんだ表情に気づいて、アレクシーズの顔はさらに明るくなった。キャリーは夢見るような穏やかな表情で彼を見あげている。船体は緩やかに揺れ、日差しは奔放な模様を壁に刻んでいた。アレクシーズはまぶたをなかば閉じ、キャリーの髪に指をくぐらせながら彼女を眺め続けた。

全身に充足感が満ち、気分が安らいでいる。

突然、安らぎは電話の音で破られた。いつの間にかまどろんでいたらしい。あたりはもう薄暗くなっている。アレクシーズは胸の内で悪態をついた。せっかくの休日を仕事に邪魔されるのはまっぴらだ。やがて留守番電話に切り替わり、呼びだし音はいったんやんだ。しかし、さして間をおかずに再び鳴りだし、彼は不機嫌な顔で体を起こし、眠っているキャリーの腕をほどいて電話に出た。受話器を取ったとたんにまた録音に切り替わったので、彼はスピーカーのボタンを押した。

母からだ。アレクシーズはたちまち気がめいった。内容を聞いているうちに、彼の表情が険しくなり、心の中で悪態をつく。まったく、迷惑な話だ。またしても花嫁候補を見つけてきたという。

見合いの相手は、相続人になったばかりのアナスターシャ・サバルコス。兄のレオ・サバルコスが勘当されたため、彼女がサバルコス家の相続人になったのだ。アレクシーズの母親は、ライバルが現れる前に息子に彼女をめとらせようと即断したらしい。

母はさっそく、イオニア海のレフカーリ島にある彼女の山荘にアナスターシャを招待し、翌日のディナーに息子を呼んだのだ。

アレクシーズは顔をしかめた。誰が出席するものか！　もし母がアナスターシャ・サバルコスになんらかの期待を植えつけているなら、罪つくりな話だ。母のばかげた野心を満足させるためにレフカーリ島くんだりまで出向く気など毛頭ない。そろそろ母も、息子は自分とは考えが違うのだという現実を受け入れてもいいころだ。

彼はキャリーの姿に視線を注いだ。眠っている彼女はことさら美しい。寝乱れたブロンドの髪が枕もとに広がり、ほっそりした体は彼がかけた上掛けからはみだして胸のふくらみをのぞかせている。長いまつげが白い頬に伏せられ、唇はキスのせいでふっくらと赤かった。

アナスターシャ・サバルコスとはまったく違う、とアレクシーズは改めて思った。彼女とはこの数年間にさまざまな社交の場で顔を合わせていた。キャリーの穏やかな美貌とはかけ離れた、彫りの深いきつい顔だちだ。学芸を好むきまじめな性格で、目には冷ややかな光をたたえている。一般的に言えば美人だろうが、彼はなんの魅力も感じなかった。

アレクシーズはもう一度キャリーの寝姿を眺め、口もとをゆがめた。いまここにいる女性を捨て、アナスターシャ・サバルコスとの見合いも同然の席に僕がつくと、母は本気で考えているのだろうか？　もっとも、彼女は息子がどこで誰といるのか知る由もないが。

もし知ったら、どうなる？

僕がアナスターシャ――母親が用意した女性にはまったく興味がないことをはっきり伝えたら、どうなるだろう？　僕が望んでいるのはいま楽しんでいるこういう関係だと訴えたら？

そうだ、それがいい。そうすれば、ついに母も非現実的な期待を捨てるのではあるまいか？　息子にいだく的外れな願望をあきらめ、息子の結婚のために女相続人を探しまわるのをやめるのでは？

その思いつきが脳裏を駆け巡り、アレクシーズはある結論にたどりついた。いまベッドで眠っている女性と同じくらい、そそられるアイデアだ。

レフカーリ島に行くなら、キャリーを同伴してはどうだろう？

アレクシーズの視線が揺れ動き、再びキャリーの上に留まった。

いいじゃないか？　それのどこがいけない？　そうすればすべてが丸くおさまる。母親も、息子には資産家の相続人を妻にする気などないと思い知るだろう。

アレクシーズは心を決めた。完璧《かんぺき》な解決策だ。彼はベッドに身をかがめ、キャリーのしみ一つないなめらかな腿をそっと撫でた。彼女がかすかに身じろぎをして、ぼんやりした顔でまぶたを上げる。彼がキスをすると、キャリーは目を覚まし、二人の視線がいつもどおり親密にからみ合った。

彼は少し身を引いてキャリーを見下ろし、ほほ笑みかけた。その手はなおも彼女の腿をさすっている。

「予定が変わったよ」彼は静かに告げた。

6

キャリーは専用ジェット機の大きな革張りのシートに座り、窓に顔を寄せて眼下に広がる大地を眺めていた。頭の中には、クルーザーでのアレクシーズの唐突な言葉が響いている。そのときは愕然《がくぜん》としたが、いまは安堵《あんど》が胸に広がっていた。

〝予定が変わった〟と言われた瞬間、キャリーは思った。これでおしまい、私はお払い箱だ、と。ところが違った。ティレニア海をクルーザーで渡り、サルディニア島まで行く計画に変更はないが、ギリシアの西海岸沖にあるレフカーリ島に立ち寄ることになったのだ。

〝レフカーリにひと晩だけ泊まる〟アレクシーズは言った。〝そのあとは予定どおりだ。サルディニア島に行こう〟

なぜ予定が変更されたのか彼は説明しなかったし、キャリーも尋ねなかった。一緒に連れていってもらえるだけでうれしかった。

けれども、いつかは終わりがくる。いずれ、アレクシーズはロンドン行きの飛行機に彼女を乗せ、お別れのキスをして、二人の関係に終止符を打つだろう。その後は二度と会うこともない。

それを考えると胸が引き裂かれそうになったが、彼が二人の関係を一時的なものと考えていることはキャリーも知っていた。彼女も同じだ。自分の身に起きていることに驚嘆する一方で、冷静な判断力を失っていなかった。アレクシーズ・ニコライデスは、ベルギーチョコレートが詰まった世界一大きな箱なのだ。

そして、これは一編の夢物語にすぎない。

アレクシーズのことを考えるときにいつもするように、キャリーの目は彼を求めた。彼は通路を隔てたシートに座り、テーブルにパソコンをのせて仕事に没頭していた。こんなとき、キャリーは決して彼の関心を引いたり、会話を求めたりしなかった。いまの彼はいつも以上に仕事に集中しているようだ。額にしわを寄せ、険しい表情をしている。彼女の父親がそうだったように、その顔をひと目見ただけで、誰にも邪魔をされたくないのだとわかった。彼女は視線をそらし、大きな円窓から数千メートル下に横たわるイタリア半島を眺めた。

アレクシーズは彼女にちらりと視線を投げた。彼女に見つめられていると、必ずその気配を感じ取る。キャリーは彼が何かに専念しているときは敏感に察し、邪魔をしない。そんな配慮も彼女の好ましい一面だった。

ふとアレクシーズの心に不安がきざした。レフカーリには行きたくなかった。キャリーと二人きりの休日を中断したくないからというだけではない。レフカーリ島の山荘は美しい外観とは裏腹に、醜いドラマの舞台だった。あの場所で、父親の若い愛人の妊娠が発覚し、両親の結婚生活が崩壊したのだ。そこが夫の裏切りの現場であるにもかかわらず、母親はなぜか、慰謝料の一部としてニコライデス家の豪華な山荘を強く要求した。

そのうえ、離婚後もニコライデスの姓を名乗り続け、再婚もしない。アレクシーズには母の考えが理解できなかった。大勢いる父の愛人や結婚相手の中で、自分こそが正当な妻であることを世間に向けて主張し続けるためなのだろうか?

アレクシーズは母を愛しているが、哀れんでもいた。彼女の野望や執念には共感できないし、そのために息子を悩ませるのは断じてやめてほしかった。

彼は視線をキャリーに戻した。美しい横顔を少し傾けているせいで優美なうなじがあらわになり、しなやかで均整のとれた体のラインを際立たせている。再びアレクシーズの心に不安が忍び寄った。はたして母親への意思表示のために彼女を利用していいものだろうか? 身を固めないのかとキャリーにきかれたことが思い出される。そうだ、キャリーにしても、彼女が僕にとってどのような存在なのかを認識するのはいいことだ。

そう考えたとたん、アレクシーズは良心の呵責《かしやく》にさいなまれた。キャリーが彼との関係につけ入って何かを要求したことなど一度もなかった。彼女は立場をわきまえ、感謝を忘れず、彼の生活スタイルを受け入れていた。

いずれにしろ、今夜のディナーで自分がどんな役割を果たすのか、キャリーが気づくことはないだろう。

それでもアレクシーズの不安は消えなかった。彼は肩をすくめ、あれこれ考えるのをやめた。レフカーリに行くのは単なる寄り道だ。ディナーの席で母に意思を伝え、明日にはサルディニア島へ向かう、ただそれだけのこと。アレクシーズは決意も新たに仕事へと戻った。


イタリアからギリシアへの空の旅はさほど長いものではなかった。旅の締めくくりは、エピルスの小さな空港から乗ったヘリコプターだった。キャリーは眼下の景色に魅了され、イオニア海に浮かぶ小山のような島々を飽かず眺め続けた。紺碧《こんぺき》の海に取り囲まれた島は鬱蒼《うっそう》とした森に覆われ、山頂部だけがむきだしになっている。やがて、大きな島の沖合に浮かぶ小島、レフカーリが見えてきた。山荘らしき建物が点在している。

ヘリコプターは島の最南端で急旋回し、降下を始めた。丘の斜面に立つ建物の中でもひときわ輝く大理石の山荘の上空に差しかかると、キャリーは息をのんだ。ヘリコプターはすぐには着陸せず、ひとまわり小さな建物の見える細長いなだらかな敷地の上を横切っていく。眼下に別の屋敷が現れ、ヘリコプターはその美しい庭から続く広い車まわしに着陸した。

キャリーはアレクシーズの手を借りて降り立った。イタリアよりも暖かく、木々のにおいとともに草花のかぐわしい香りが流れてくる。眼前の屋敷は海辺に立ち、小規模ながら美しく整えられている。白い外壁をブーゲンビリアが這《は》いのぼり、いたるところに鉢植えの花が飾られていた。石づくりの小さなテラスが浜辺のすぐ上まで突き出ているので、パラソルの下で海を眺めながら食事ができそうだ。

キャリーはうっとりした。「なんてすてきな場所なのかしら」微笑を浮かべ、彼女はアレクシーズとともに屋内に入った。

返事がないので、キャリーはアレクシーズに視線を向けた。肩をこわばらせ、難しい顔をしている。彼女はそれ以上、何も言わなかった。彼は気軽な会話を交わす気分ではないらしい。

二人の荷物が屋内に運びこまれ、ヘリコプターが飛び立つと、アレクシーズは一つきりの寝室にキャリーを案内し、どこか別の部屋に消えた。寝室は小さな建物には不似合いなほど広く、少々装飾過剰に感じられた。衣類をたんすにしまっているとき、彼が戻ってきて彼女をじっと見た。

アレクシーズはしばらく彼女を見つめてからすばやく部屋を見まわし、また彼女に視線を戻した。彼はまだ体をこわばらせている。

「大丈夫？」キャリーは思いきって尋ねた。

アレクシーズがおざなりにほほ笑み、うなずいた。

「そう……」彼女は自分のほうが神経質になっているのかと思い、荷ほどきを続けた。するとアレクシーズが急に背後から近づいてきて、彼女の両腕をつかんで自分のほうに向き直らせた。

「すまない。ちょっとぼんやりしていた」キャリーの手から服を取りあげ、巨大な衣装だんすの引きだしに落とす。「そのままにしておけばいい。メイドがやってくれる」彼は彼女を引き寄せ、しばらく抱きしめていた。

キャリーは何も言わず、彼の胸に頭をあずけていた。ほどなくアレクシーズが彼女の顎に手をやり、顔を上向かせた。「君は決して不平を言わないな」

驚きでキャリーの目が大きく見開かれた。「不平だなんて、とんでもないわ！　こんな楽園にいるというのに」遠慮がちに笑いかける。

彼の目に奇妙な色が浮かんだ。「ところが、楽園には蛇がつきものでね。その場所が美しいほど、そこに潜む邪悪な意志は見えにくくなる」少し間をおいて続ける。「そして、邪悪な過去も」彼の表情が再び変わり、声音も変わった。「だから、悪い過去は払いのけなくてはいけない。できるだけ効果的な方法でね」

アレクシーズの指が彼女の柔らかな耳たぶをもてあそぶ。彼の目に甘美な輝きが宿るのをキャリーは見て取った。

「なんて愛らしいんだ」彼はささやいた。「君の魅力に抵抗できる男がこの世にいるだろうか？」口もとをゆがめるような彼の笑みがキャリーの息をつまらせた。「少なくとも僕にはできない」顔を寄せ、唇を重ねる。「しかたがないだろう？」

アレクシーズは彼女をベッドに横たえ、愛を交わした。キャリーはいつもと同じく、自らの身に起こっていることに驚嘆しつつ、熱烈に迎え入れた。

しばらくして、キャリーはアレクシーズの腕にすっぽりくるまっていた。まだ激しい鼓動はおさまっていない。

彼はふだんとはどこか違っていた。まるで何かから解放されたがっているように、いつもより多くを求め、ずっと性急だった。

キャリーはアレクシーズの腕からそっと抜けだし、彼を見つめた。先ほどの営みで彼がどんな解放を得たにせよ、いまはもう、例の奇妙な緊張感が彼を支配している。彼は顔をこわばらせ、まぶたを閉じていた。

キャリーは静かに身を起こして肘をつき、自由なほうの手で彼の鎖骨や肩の筋肉をそっともんでみた。つかの間、彼の体がさらにこわばるのを感じた。しかし、優しくもみ続けるうちに、彼の表情がやわらいでいった。ほどなく彼が仰向けになったので、彼女は中腰になり、反対側の肩をもんだ。

彼がギリシア語で何かつぶやいた。すぐさま英語で言い直す。「いい気持ちだ」

にっこりと笑みを浮かべ、キャリーはマッサージを続けた。「うつぶせになれば背中もしてあげるわよ」

アレクシーズはその言葉に従い、両手を頭上に伸ばしてうつぶせになった。キャリーは彼の肩甲骨や背骨に沿って、凝り固まった筋肉を優しく、丁寧にもみほぐした。

彼の筋肉は石のようにたくましく、褐色に焼けた肌はなめらかだ。

キャリーが背中を撫《な》でさすっていると、彼は満足げなため息をもらした。「君はマッサージ師になれるよ」顔を枕《まくら》に半分うずめて言う。

「あなたはモデルになれるわよ」彼女はまた微笑を浮かべ、軽口で応じた。

アレクシーズは顔を少し彼女のほうに振り向け、物問いたげに眉をひそめた。

「でも、ちょっと筋肉質すぎるわね」彼女は言葉を継いだ。「モデルというより映画スターかしら」

彼は愉快そうにほほ笑んだ。「僕は本気で君がマッサージ師に向いていると言ったんだ。本当に上手だ。そういう職業を考えたことはあるかい？」

「まさか」キャリーは笑った。「一度もないわ」

「ぜひ、考えてみたらいい。一から学べる養成所のようなところがあるはずだ」

彼女は一瞬、間をおいて顔をしかめ、再び手を動かした。「でも、私の柄じゃないわ」

「いや、ウエイトレスよりはいい。それに、男を相手にするのがいやなら、女性だけを相手にすればいいんだ。とはいっても、君のマッサージを受けたい男たちで行列ができるだろうな」

キャリーの顔に奇妙な表情が浮かんだ。アレクシーズは不意に後ろめたくなり、仰向けになって彼女の手をつかんだ。

「悪かった。言い方がまずかった。君がきれいだと言いたかっただけさ。それに、とても……優しい」彼女の指の関節にキスをする。アレクシーズの目が再び輝きを帯び、もう一方の手を彼女のうなじに添えて引き寄せた。「しかも、実に男心をそそる。ほら、見てごらん。君のマッサージは確かに体力を回復させてくれる……」

そのあと、彼の体力は長い時間をかけて使いつくされた。

「今夜は僕のために特別に着飾ってほしい」アレクシーズはキャリーに頼んだ。「シフォンのドレスはどうかな？　それにダイヤモンドのネックレスをつけては？」

キャリーは寝室の奥にある広い化粧室のドレッサーの前で身支度を整えていた。屋敷の規模からすると寝室も化粧室も広すぎる。化粧室に続くバスルームはとくに豪華で、浴槽のほかにジャグジーやサウナもある。アレクシーズの趣味からいっても少し華美に思えるほどだ。ロンドンやニューヨーク、ミラノで彼らが宿泊したのは、もっと古風で伝統的な様式のホテルだった。

しかし、キャリーはそんな疑問はおくびにも出さなかった。彼の緊張が解けたらしいのを感じ、そのことがうれしくてたまらなかった。本当にマッサージがきいたのかもしれない。

美しいとか男心をそそるとか言って、アレクシーズはしきりに賞賛してくれた。その口ぶりに、彼女は賞賛以上のものを感じ取った。

もちろん、彼がシフォンのドレスを着てほしいと言うなら従うまでだ。そのターコイズブルーのドレスはため息が出るほど美しかった。身ごろやハイウエストのスカート部分に細かいプリーツがついた、ごく薄いシフォンのドレス。前身ごろは胸のふくらみを控えめに覆うだけで、露出度がかなり高い。ドレスの上にはシフォンのショールをまとった。ドレスよりやや濃いめのブルーのショールは透けているが、彼女の肩や腕や肘を美しく上品に飾るだけでなく、ベールとしての役割も果たした。

実のところ、このドレスは今夜の食事にはちょっと大げさだとキャリーは思った。つけるのが怖いような豪華なダイヤモンドのネックレスまでするとなると、なおさらだ。とはいえ、そのドレスはとても気に入っていたので、彼のために着るのはこのうえない喜びだった。

ほどなく、アレクシーズが黒髪を濡《ぬ》らし、髭《ひげ》を剃《そ》ったばかりのさっぱりした顔で現れた。

身につけているのは引き締まった腰に巻きつけているタオルだけだ。そのころには、彼女はすでにドレスを着こみ、髪を簡単なシニョンにまとめていた。

アレクシーズはキャリーの姿を眺め、目を輝かせた。「完璧《かんぺき》だ」うなずいて言う。「ただ……髪が」彼は少し顔をしかめて歩み寄り、結いあげた髪からあっという間にピンを引き抜いた。淡い金色の髪が滝のように背中にはらりと落ちる。「そのまま垂らしておいたほういい」

アレクシーズは急いで身支度を整えた。彼はタキシード姿だ。キャリーは彼がディナーのために正装をした姿を見て顔をほころばせた。海を見渡すあの小さなテラスで食べるのかしら？　外は暖かいし、海は月光に輝いている。

期待に胸が躍った。ああ、これも思い出の小箱にしまっておこう！　ギリシアの暖かな夜、イオニア海を照らす月明かりの下で、アレクシーズと食事をするのだ。二人きりで……。

彼は正装用の黒い蝶《ちょう》ネクタイを締めていた。もう支度は終わったも同然だ。

「それはいらないよ」アレクシーズはキャリーの手からショールを取り、ベッドの上にほうった。「さあ、出かけよう」

「出かける？」キャリーはきょとんとした。

「ディナーに招かれているんだ」

着をはぎ取りそうな目つきだ。

男はいきなり手を伸ばし、キャリーの腰を撫《な》でた。「すばらしい」感に堪えたように言い、彼女の顔をじっと見る。「アレクシーズをその気にさせるなら、僕も相手にしてくれるだろう?」

男は眉を上げ、探るような目をキャリーに向けてきた。その手はいまだに彼女の腰に添えられている。

キャリーは男に平手打ちを食らわせた。怒りに駆られてとっさに手が出たのだ。男が大げさに後ろによろけ、それから体勢を直して立ちあがった。

彼はショートパンツのポケットに両手を突っこみ、キャリーが寝椅子の端まで後ずさってサロンを腰に巻く様子を眺めていた。

「僕にだってダイヤモンドを買う金くらいあるさ」男はキャリーから片時も目を離さずに言った。「アレクシーズほどの資産はないかもしれないが、ダイヤモンド程度は買える」彼の目が再び彼女の肌をなめまわす。「そして、それだけの価値はある。そう、君はまるで……天使だ」その声はかすれていた。

彼はまた一歩近づこうとした。

キャリーはパニックに襲われた。寝椅子から飛び下り、手近にあったいちばん大きな石をつかんで身構える。

「来ないで！」キャリーは叫んだ。恐怖で声がうわずっている。「私に近寄らないで」彼女は石を男に向かって投げつけた。だが、かすりもしなかった。彼女はすぐにかがんでまた石をつかんだ。

男は顔色を変え、足を止めた。「頭がおかしくなったのか？」

キャリーの心臓は激しく打ち、息をするたびに胸が痛んだ。「私に近寄らないで」彼女は繰り返し叫んだ。

男が不意に短く笑った。「まあ落ち着いてくれ。君にはもう指一本触れないよ。大騒ぎの張本人にひと目会いたかっただけさ。さあ、その石を置いてくれ。さもないと、次は命中して僕を殺してしまうかもしれないからな」

恐怖のあまり、キャリーはまだ動けずにいた。男の表情がまた変わった。険しい気配が消え、両手を上げて降参のポーズをとる。

「いいかい、お嬢さん、僕は危険人物ではない。約束する。女性を襲ったりしたことはない」男はにやりとした。「いつも女性のほうが飛びかかってくるからね。ただ、この目で君を見たかっただけさ。当然だろう。昨夜の一件で、あの魔女は本気で君に呪《のろ》いをかけかねない勢いなんだから」

キャリーは石をつかんでいた手をゆっくりと下ろした。「あなたは誰なの？」いくらか平静を取り戻し、男の顔を観察する余裕が生まれた。その顔には見覚えがあった。彼はどこから来たのかしら？　あの山荘から？　だけど、きのうのディナーの席にはいなかった。

男は眉をひそめた。その表情にも、どこかキャリーの記憶に訴えかけるものがあった。

「そうか、アレクシーズは君に教えていないのか。つまり君は端役なんだ。もっとも、君の晴れ舞台は彼のベッドの上だからな。彼が君に飽きたら、僕のベッドに鞍替《くらが》えすればいい」

再びなめるようなまなざしを肌に這《は》わされ、キャリーはサロンも水着もはぎ取られたような気分になった。思わず手のひらにある石を握り締める。パニックが消え、別の感情が取って代わった。「そんな言い方はやめて！」怒りに頬を紅潮させ、声を荒らげる。

男は動じる様子もなく、片方の眉を大げさに上げた。「それ以上の関係を望んでいたのか？　がっかりさせて悪かったな。僕と同じく、兄は女性と長くつき合うタイプじゃない」彼の口調は急にぶっきらぼうになった。「美女に入れあげることもない」眉をひそめて続ける。「君は兄の好みのタイプとはほど遠い……。だから、兄はゆうべみたいなことを仕組んだのか。君はいつ兄に拾われたんだい？」

キャリーの耳には一つの言葉しか聞こえていなかった。「兄ですって？」ゆっくりときき返す。「あなたはアレクシーズの弟さんなの？」彼女は男の顔を見すえた。アレクシーズより二、三歳若そうだが、顔だちは似ている。だから見覚えがある気がしたのだ。瞳の色はブルーで、アレクシーズとは異なるけれど。それに、人を不快にさせるこの性格も。

「ああ。兄は独裁的で傲慢《ごうまん》で全能の力を持つ、ニコライデス家の長男だ。そしてその母親は魔女さ」

「魔女?」

彼はうつろな笑い声をあげた。そこには明るさなどかけらもなかった。

「ゆうべ彼女に会ったとき、君はそう思わなかったかい? 彼女は君を無視したはずだ。彼女は自分の意に染まない人間を存在しないものとして扱うのが得意なんだ」彼の目に怒りが浮かび、すぐに消えた。

キャリーは彼をしげしげと見た。この人はなんの話をしているのかしら?「どういう意味か、さっぱりわからないわ」

「ああ、そうか」

彼がほほ笑んだ。気持ちのいい笑みではない。

「君は兄の愛人だものな。アレクシーズ・ニコライデス王に毎晩その体を提供し、美しいドレスや豪華な宝石を褒美にもらっている。だが、どう見ても君は安くつかないな、お嬢さん」

キャリーの手が石を強く握り締め、肩に力がこもった。しかし突然、男のまなざしが変化した。氷のような冷たさが消え、不快な微笑も消えている。

「くそっ、君を侮辱してどうなる?」彼は重いため息をつき、両の手のひらを大きく広げた。「君のおかげで、僕の立場は有利になったというのに」

「あなたの話は何一つ理解できないわ」キャリーは早口に言った。「あなたが本当にアレクシーズの弟さんなら、こんなところにいないであの山荘に行けばいいでしょう。彼なら朝から向こうに行っているから。もうじき戻るとは思うけれど」

再びうつろな笑い声があがった。

「あの魔女相手に、そう簡単にいくものか。いまごろ兄は非難の嵐《あらし》のまっただ中にいるだろう。かわいい息子が軽薄なまねをして、顔に泥を塗られたのだからな。愛人をあんなふうにみなに見せびらかすなんてどうかしている」

「どういうこと？」キャリーは呆然《ぼうぜん》として尋ねた。

男は驚きの表情で彼女を見つめた。「ディナーの席であんなまねをしておいて、あの魔女が黙って引き下がるとでも思ったのか？　彼女は大いに期待していたんだ。大切な息子に利益をもたらす女がいるとしたら、それはサバルコスの娘だと。なにしろ、彼女は莫大《ばくだい》な遺産を相続したばかりだからな」口もとが皮肉っぽくゆがむ。「そう考えるのも無理はないだろう。アレクシーズがサバルコスの資産を手に入れれば、尊敬すべき僕らの父をあっと言わせることができる」

キャリーは目をみはり、話の内容を理解しようと努めた。「じゃあ……」考え考え言う。「ゆうべのディナーの女主人は、アレクシーズのお母様だったの？」

ブルーの瞳が彼女を真っ向から見返した。「すると、兄は君に何一つ教えていなかったわけか」

キャリーはゆっくりとうなずいた。喉に何かがつかえているような気分だった。その何かは感覚をなくした手で握っている石よりも固い。

アレクシーズの弟がギリシア語で悪態らしき言葉を吐いた。

彼が近寄ってくるのを見ても、キャリーは動かなかった。後ずさりも、石を振りあげることもせず、喉のつかえを感じながらただ目をしばたたいていた。

本当なの？　アレクシーズは私を母親の家のディナーに連れていったのに、私に何も教えてくれなかったというわけ？　でも、どうして？

「本当に何も知らないのか？」彼の声と表情にはいまや、哀れみとさげすみがこめられていた。「まあ、座りたまえ。話は込み入っているから、落ち着いて聞いてくれ」

キャリーは彼に手を引かれ、再び寝椅子に腰を下ろした。彼もすぐそばに腰を下ろしたので、警戒のまなざしで彼をにらみつけ、体を離した。

「では、始めよう。僕はヤニス。アレクシーズの腹違いの弟だ。彼の母親はベレニーチェ・ニコライデス、またの名を〝魔女〟という。兄が幼いころ、彼の父親が愛人を妊娠させた。ベレニーチェにはもう子供ができなかったから、ろくでなしの父親は妻を捨て、その売春婦と結婚することにした。ギリシア有数の資産家の一大スキャンダルで世間は大騒ぎになり、ベレニーチェは怒りでおかしくなった。不実な夫が新しい愛の巣をつくってその売春婦を住まわせたときは、まさに最悪だった」

ヤニスは眼前の屋敷を顎で示した。「この中は売春婦の寝室みたいだろう？　実のところ、そうだったのさ」一瞬、彼の唇が引き結ばれた。目に憤怒《ふんぬ》の色が差したかと思うとすぐに消え、皮肉っぽい表情がよみがえる。「とにかく離婚は成立し、おかげで僕は婚外子にならずにすんだ。あの魔女が僕を許さないのもそういうわけだ。僕はニコライデス家の次男だし、その売春婦は二番目の妻、キリア・ニコライデスになったのだから」

キャリーは息をのんだ。もう一度体をずらしてヤニスからさらに離れる。それから、瞳に嫌悪の色を浮かべて言った。「自分の母親を……売春婦だなんて」

「魔女の言葉を引用したまでさ。それに、我が親愛なる父もそう呼んでいた。そう、僕の母は名前こそキリア・ニコライデスだが、彼にとってはいまだに愛人なのさ」

ヤニスは顔をしかめ、耳障りな音をたてて息を吸いこんだ。

「魔女は僕を腹の底から憎んでいる。いまとなってはお互い様だがね。彼女は元夫のことも憎んでいる。もう三十年越しの憎悪だ。彼女の最終目的は、ニコライデス家の財産に関する僕の相続権を取りあげ、アレクシーズがより多くを手にすることだ。息子が資産家の娘をつかまえれば彼女の権力は増すし、当然……」彼は言葉を切り、冷ややかに続けた。「孫ができる見こみもある。だから、性懲りもなく次から次へと息子の花嫁候補を見つけてくるのさ。幸い、アレクシーズが食いつくことはない。最近はいよいよ迷惑がっている」

ヤニスはキャリーを見すえた。

「そこに君が登場したわけだ。アレクシーズは母親にはっきり意思を伝える決意をしたらしい。君みたいに若くて美しい女性が夜のお相手をしてくれる以上、結婚する必要などないだろう?」

彼は立ちあがったが、キャリーはとても動けそうになく、座ったままうつむいていた。

「そう深刻になることはない」ヤニスはキャリーを見下ろした。その顔には軽蔑《けいべつ》に近い表情が浮かんでいた。「確かに兄は君を利用した。だが、君のような女性は世間の裏表に通じているはずだ。僕もあやかりたいよ。取れるものは取ればいい。アレクシーズは昨夜の茶番劇のヒロインに適任だと思って君を選んだだけさ。そして、君は期待以上の働きを見せた」

突然、キャリーは顔を上げた。「もうお帰りになったほうがいいんじゃない?」冷ややかな口調で警告を発する。

「じきにアレクシーズが帰ってくる。そう言いたいのかい?」ヤニスは肩をすくめた。「せっかく教えてやったのに……」

「さっさと行って」

ようやくヤニスは立ち去った。キャリーは顔をこわばらせたまま、彼が小石を踏んでのんびり歩いていき、浜辺に引きあげてある小型ヨットに乗りこむさまを見ていた。そして、両の拳《こぶし》を膝の上できつく握り締め、しだいに遠ざかる船影をにらんでいた。

小型ヨットが岬の突端まで達したとき、背後で足音がした。振り返ると、山荘と結ぶ小道をアレクシーズが足早に戻ってくるのが見えた。彼の目はキャリーではなく、波間を進む小型ヨットに向けられている。彼の表情が驚きから怒りへとすばやく変化し、続いてキャリーに視線を移した。

「一人にしてすまなかった。もう荷づくりはすんだかい？　まだなら山荘からメイドを呼ぼうか？」何かの懸念にとらわれ、心ここにあらずといった物言いだった。

キャリーは腰に巻いたサロンをあらんかぎりの力で握り締め、気力を振り絞って答えた。

「用意はほとんどできているわ」

かろうじて言葉を発したものの、喉につかえた塊があまりに大きすぎ、彼の顔をまともに見られない。キャリーは彼をちらりと見てから屋内に入った。アレクシーズの足音が後ろからついてくる。そのとき、周囲のものが近づいたり遠のいたりし始めた。建物の壁が揺れている。彼女は片手で柱につかまり、体を支えた。

「キャリー……大丈夫か？」

アレクシーズの鋭い声が聞こえた。

キャリーは目の焦点を合わせようとしてまばたきを繰り返し、ドアにもたれた。それもつかの間、いきなり激しい腹痛に襲われ、彼女はうめき声をあげてその場にしゃがみこんだ。

「キャリー!」

アレクシーズが腕を取って支えてくれたが、けいれんまで加わり、キャリーは苦痛に顔をしかめつつ訴えた。「お願い……バスルームへ……」

アレクシーズに手を引かれ、キャリーはバスルームまで連れていかれた。襲いかかる痛みに体を折り曲げながら、おぼつかない足どりで中に入る。彼に見られたくないので、彼女はドアを閉めてトイレの便座の上に倒れこんだ。またしてもけいれんに襲われ、唇を噛《か》んでうめき声を抑えこむ。幸い、けいれんはほどなくおさまり、キャリーは額ににじんだ汗の冷たさを意識しながら、痛みが引くのを待った。

「キャリー?」彼が外から呼びかけた。

「もう……大丈夫」キャリーは弱々しく答えた。たぶん一時的なものだろう。しかし、立ちあがるとまためまいがして、下腹部に違和感を覚えた。慌てて顔を下に向けると、脚のあいだから伝い落ちる血が目に入り、周囲から粘りつくような厚い霧が押し寄せてきた。

直後、キャリーはゆっくりと、そして音もなく床にくずおれた。

目を覚ますと、キャリーは大きな白い部屋にいた。壁には絵画が飾られ、ブラインドが日差しを遮っている。彼女は枕《まくら》をいくつか重ねたものを背に当て、横になっていた。体がひどくだるい。足はベッドの裾《すそ》のほうに置いた枕の上にのせられているらしい。

室内には医師の姿があり、女性看護師がベッドのまわりを片づけている。二人のほかには誰もいない。医師が看護師にうなずきかけると、彼女は部屋を出ていった。

医師が無表情な顔でベッドに近寄り、キャリーを一瞬見つめてから口を開いた。「出血は止まりました」なまりは強いものの、英語だった。「だが、また起こるかもしれません。一つお尋ねしておきたいのですが……これは、あなたが故意に引き起こしたことでしょうか？」

キャリーはわけがわからず、医師をじっと見あげた。

「その可能性はあります」医師は自ら引き取って言った。「それに……理解できる場合もある。しかしながら、もしそういう事情なら、あなたは正しい処置を受ける必要があると申さねばなりません」口調を変えて続ける。「むろん、出血が故意に引き起こされたものでないなら、手を尽くしてあなたをお救いします」医師は厳粛なまなざしをキャリーに注いだ。その目には同情がこもっている。「とはいえ、我々の努力にもかかわらず、自然の摂理が運命を定めてしまう例も多い。その点は承知しておいていただく必要があるでしょう。遺憾ながら、そうした結果になる可能性もありますから」

キャリーは医師をまじまじと見た。いったいなんの話かしら？　さっぱりわからない。彼女は乾いた唇を舌先で湿した。肺の中まで乾ききっているようだ。すさまじい恐怖に体が凍りついている。

「いったい……私はどこが悪いんでしょう？」

医師はじっと見返した。表情が再び変わる。「ご存じなかったのですか？　そうか、無理もない。まだ初期ですからね」

キャリーを見下ろす医師のまなざしには、同情と哀れみがあふれていた。

「あなたは妊娠しています。しかも、深刻な流産の危機に直面しているのです」

8

アレクシーズは客用寝室のドアの前で足を止めた。

彼はキャリーのぐったりした体を母親の山荘の客用寝室まで運んでベッドに横たえ、それから医師を呼んだ。診察のあと、キャリーは医師にどこが悪いのかと尋ねたという。

彼女に答えたことを、医師はアレクシーズにも伝えた。そのとき、彼の頭の中で閃光《せんこう》が炸裂《さくれつ》し、男なら誰でもする質問をした。

〝妊娠してどれくらいになりますか？〟

〝まだ日は浅いですね。この時期は、妊娠に気づかないまま流産する女性も多いのです。しかし、彼女の場合は……〟医師はアレクシーズの目をまっすぐ見つめた。〝流産は避けられるかもしれません。もちろん可能性の問題ですが。いまは安静第一で、なんであれ、心労がいちばんいけません。倒れた原因もそのあたりにあると思われます〟

アレクシーズは顔をこわばらせ、当面必要な手当てだけを確認した。そして医師を見送ったあと、キャリーの様子を見に寝室の前までやってきたのだ。

まったく……なんてことだ！　もうめちゃくちゃだ！

だが、嘆いたところでなんの解決にもならない。アレクシーズは苦渋に満ちた顔でドアを開け、足を踏み入れた。ブラインドが下りたままの薄暗い部屋の中で、キャリーは大きなベッドに横たわっていた。広々とした部屋のせいでその体がひどく小さく見え、彼女は場違いにも見えた。ゆうべのディナーでもそうだった。アレクシーズはディナーの光景を頭から追い払ったものの、それは彼の脳裏に深く刻みこまれていた。

アレクシーズはゆっくりとベッドに歩み寄った。彼を見あげるキャリーのまなざしは、これまでとどこか違っている。

その理由を察して彼の胃は引きつった。いますぐこの部屋を出ていきたい気分だが、そんなまねをすれば卑怯者《ひきょうもの》になってしまう。この事実に向き合わなければならない。選択の余地などないのだ。

「気分はどうだい？」

キャリーは問いかける彼を見つめた。アレクシーズも見つめ返す。いつもそうだった。ほんの一瞬、彼に見つめられたとき必ず感じる欲望がこみあげ、体がなじみの反応を示す。しかし、その感覚はたちまち消え去った。

彼女は目を閉じ、悪夢を打ち消したかった。

お願い、これが現実ではありませんように！

けれども、どんなに必死に願おうと、現実は変わらない。私は妊娠している。アレクシーズの子供を身ごもっているのだ。私をお荷物としか思っていない男性の子供を……。アレクシーズの異母弟ヤニスの残酷な言葉はキャリーの心をずたずたに引き裂いた。けれど、彼の言ったことは本当なのだろうか？　兄をねたむあまり、でたらめを並べただけかもしれない。彼女はアレクシーズの顔を凝視した。体の奥深くでまたあの感覚が生じる。

そう、確かに彼は私を通りで拾った。でも、その事実をそこまで卑屈に受け止める必要はないわ！　何もかもが悪趣味で下品ということにはならない。アレクシーズはこれまで、私を通りで拾える安っぽい女のように扱ったことなど一度たりともなかった。ただ、昨夜だけは……。

胸が悪くなるような記憶が脳裏に浮かんだ。アレクシーズに連れていかれた、あのディナーの屈辱的な記憶が。人々が彼女に向けてきた目つきといったら、いま思い出してもぞっとする。アレクシーズの母親までがその一員で、あたかも汚いものでも見るような目で私を見ていた。そしていま、私を母親や知人たちのさげすみの目にさらした男性の子を身ごもっているなんて。

それ以上アレクシーズの顔を見ていられなくなり、キャリーは顔をそむけた。喉がつかえて息をするのもままならず、恐怖が忍び寄ってくる。

ヤニスは私をおつむの弱い売春婦呼ばわりしたが、そう思われても当然だ。愚かな夢物語を追いかけ、上流階級の暮らしにあこがれをいだいた浅はかな女。安っぽくて下品でしかない生活をロマンティックな恋愛と勘違いし、うっとりしていたのだ。

けさヤニスが口にした醜い言葉がキャリーの頭の中を駆け巡り、ゆうべのディナーの残酷で恐ろしい記憶が次から次へとよみがえった。

みんなが私を見つめていたのも無理はない。アレクシーズ・ニコライデスの腰の軽いブロンド女に、彼らは興味津々だったに違いない。肌もあらわなドレスをまとい、ご褒美のダイヤモンドのネックレスをつけた売春婦を好奇の目で見ていたのだ。

ああ、私はなんて愚かで、なんて浅はかだったのだろう！

何よりつらいのは、アレクシーズの考えもほかの人たちと同じに違いないということだ。キャリーは愚かしい幻想を勝手につくりあげてきた。けれど彼のほうにはそんな幻想などみじんもなかったのだ。彼にとっては街で若い娘を一人ひっかけただけのこと。そしていま、その売春婦まがいの娘が、妊娠という最悪の事態を彼にもたらしたのだ。

妊娠。その言葉がキャリーを動転させた。

まさか私が妊娠するなんて！

もちろん、可能性はある。ニューヨークでキャリーはアレクシーズと避妊について話し合った。ピルを服用していないことを告げると、彼は避妊は自分が引き受けると言った。

彼はいつもとても注意深かったが、万全ではなかったのだ。

「キャリー?」アレクシーズが呼んだ。低く、張りつめた声だ。

当然よね。キャリーはすさんだ心で思った。彼にとっては降ってわいた、しかも破滅的な災難だもの。

「君の面倒は見るから心配しなくていい。あらゆる手を尽くすよ」

キャリーは無言で壁を見つめ続けた。喉に大きな塊でもつまっているようで、相変わらず息が苦しい。

「キャリー、君の妊娠について、ひとこと言っておきたい」

何を言われてもその場しのぎのごまかしにしか聞こえないわ。キャリーは胸の内でつぶやいた。

「この危機を脱しておなかの子供が無事だったら、僕は君と結婚する」

彼の言葉が沈黙の中に吸いこまれていく。キャリーはそれを石のような心で聞き、目を閉じた。

「キャリー……」

ああ、なぜ彼は話すのをやめないのだろう? どうして出ていってくれないの? さっさと消えてちょうだい! キャリーはいまにも叫びそうだった。

アレクシーズは彼女をじっと見下ろしていた。彼女は顔をそむけ、壁を見つめている。

彼はいらだった。これ以上何を言ってほしいんだ？　この僕にほかに何を言えと？　あるとすれば、こんな事態はできるなら避けたかった、と言うくらいだ。

だが、こういう事態になってしまったからには、対処するしかない。なんとか切り抜けるのだ。

アレクシーズの口から重々しいため息がもれた。いまはこの場を立ち去るしかない。彼はきびすを返し、部屋を出た。

アレクシーズはニコライデス家の屋敷にはどこであれ必ず備わっているオフィスに避難した。仕事を片づけてしまったほうがいいかもしれない。なんでもいいから、時間をつぶさなくては。時間がたてばおのずと運命は決する。そして、流産しようと回避されようと、僕は裁かれる。

彼の中で感情がもつれた。

キャリーの妊娠が嘘《うそ》であってほしい。つかの間の快楽がなぜこんな結末を迎えるんだ？

アレクシーズはパソコンの前から離れ、フレンチドアからテラスに出て新鮮な空気を吸った。一歩屋外に出ると、何もかもが正常に見える。

彼の視線はテラスのずっと先にある紺碧《こんぺき》の海に飛んだ。白い小型ヨットが一艘《そう》、帆に風を受けて進んでいる。ヤニスだ。そういえば、けさ、昨夜の件で母親と口論して海辺の家に戻ったときも、あの小型ヨットを見かけた。

ヤニスは自虐的な満足感を得るため、波止場近くのボートハウスを改築した建物に泊まっている。そこは彼の母親が一時期囲われていた建物だった。そうやってアレクシーズの父は妻に、おまえより若い愛人のほうがいいと見せつけていたのだ。

その愛人を図らずも妊娠させてしまい、それが火種となって彼の父親の人生は一変した。アレクシーズは、ヤニスが巧みに帆を操りながら沖に出ていくのを眺めていた。三十年以上も前、一人の女性がヤニスを身ごもったことで、アレクシーズ自身の人生も影響を受けざるをえなかった。

いつか僕は老人となってここに立ち、ヨットを走らせる我が子の姿を眺めるのだろうか？　思いがけずできてしまった子供の姿を。

彼の周囲で時が渦を巻き、過去から未来までの長い歳月が一つに溶け合うように感じられた。時は過去に戻ったり、未来に向かったりして、現在というこの場所でぶつかり合う。アレクシーズの犯した罪は過去と共鳴した。ヤニスはいま、現実に存在し、キャリーのおなかにも命が宿っている。いつか、その子が大人になった未来が現在となり、キャリーの胎内にいる現在が遠い過去となる。ちょうど、かつては母親の胎内にいたヤニスがみなの人生を変え、やがてそれが遠い過去になったように。

何かで読んだ文章の一節が頭に浮かんだ。そのときは共感できずに忘れていた言葉だ。〝親になって初めて、時というものが理解できる。子供たちはその存在によって時をつく

りだす。彼らは過去と未来をつくりだす〞

いまはその意味がわかる。キャリーのおなかの子供はアレクシーズの未来をつくりだす。彼が直面しなくてはならない未来を。その未来の世界で、老人の彼はいまのこの瞬間を振り返るだろう。

そんな未来は欲しくなかった。過去が恋しい。もう一度過去に戻りたい。わずらわしいことのない、楽しく愉快な暮らしがいい。ついきのうまではそうだったのに。

しかし、そんな生活は終わった。僕の人生は永遠に変わってしまった。

だが、もしもキャリーのおなかの子が……。

やめろ。妙な気を起こすな。アレクシーズは自分を戒めた。それは人の道に反することだ。

アレクシーズは肩を落として室内に戻り、仕事を再開した。

「アレクシーズ！」

そのとき、尊大な声がドアの外であがった。

「アレクシーズ、話があるのよ」

彼はオフィスのドアのほうに顔を向けた。そこに立つ母親の顔はこわばっていた。

「本当なの？」ベレニーチェは問いただした。「あなたが連れてきた娘が妊娠しているというのは？」

「ええ」

「あなたは知っていたの？」

「いいえ」アレクシーズは顔をしかめた。「けさ、彼女が倒れるまで知りませんでした」

「流産しかかっているの？」

「はい。危険な状態です」

アレクシーズは母が再び口を開くのを待った。何を言いだすか見当はついている。

ベレニーチェは部屋に入り、ドアを閉めた。「どうするつもりなの？」声には先ほどまでのとげとげしさはなく、その口調はむしろひどいショック状態にあることを感じさせた。

「なすべきことをします」アレクシーズは母親を見つめて答えた。「キャリーと結婚するつもりです」

ベレニーチェ・ニコライデスはゆっくりとうなずき、息を深く吸いこんだ。「間違いなくあなたの子供なのね？」

「はい」アレクシーズは口もとを引き締め、きっぱりと答えた。

母が疑わしげに眉をひそめたのを見て続ける。

「妊娠したのはつい最近です。キャリーとは……ずっと一緒でしたから」

ベレニーチェの視線がフレンチドアに移った。はるか彼方《かなた》の海上に、いまもヤニスの小型ヨットの白い帆が浮かんでいる。彼女はそれを険しい目で見つめてから、息子のほうに向き直った。

「またなのね」ベレニーチェは苦々しげに口を開いた。「私を破滅させたのと同じ出来事を、今度はあなたがもたらせようとしている。なんて残酷なのかしら！」いったん閉じた目をかっと見開く。「あなたが生まれてから、私はあなたを守り、あなたのために闘ってきたわ。それがどう？　結局、なんの役にも立たなかった」彼女の顔がゆがむ。「息子が金目当ての売春婦にまんまと引っかかるなんて！」

「キャリーはそんな女性ではありません！」アレクシーズは語気鋭く言い返した。「母さんは彼女のことを何も知らない」

「いいえ、必要なことはすべて知っているわ」ベレニーチェの目があざけるように光った。「ゆうべあなたが彼女を見せびらかしに来たおかげで、はっきりとね！　彼女がどんな娘なのかは聞くまでもないわ。なにしろ妊娠したんですもの」

　アレクシーズは机をぴしゃりとたたいた。「もういい！　彼女のことをそんなふうに言うのは聞きたくありません。どうぞご自分の部屋にお引き取りください」彼は立ちあがって告げた。「いまは経過を見守る以外、何もすることはありませんから」

　ベレニーチェは息子の目を探った。「つまり、本当に彼女と結婚する覚悟なのね？」

「それしかありません」アレクシーズはうなずいた。

　ベレニーチェのとらえどころのない黒い目が息子のほうに向けられた。「そうね。あなたは立派な人間ですもの、正しいことをするでしょう。そう願うわ」そこで彼女の表情が変わった。「あなたは私のすべてよ、アレクシーズ。あなたの父親は私からあなたを取りあげようとした。でも、私はひるまずに闘って彼を撃退したわ」

ベレニーチェは息子に歩み寄り、彼の頬に触れた。

「あなたを息子に持って幸せだった。だから、いつだってあなたの利益を守るわ。たとえ、あなたが私を必要としていなくてもね」顔を引きつらせてほほ笑んでから、手を下ろす。

彼女が次に口を開いたときは声音が変わっていた。「あなたはあの娘のことを弁護したわね。彼女におかしな魂胆はないと信じているようだけれど、それはどうして?」

「なぜなら、彼女がそういうタイプの人間ではないからです」

「確かなの?」

「ええ」

ベレニーチェは眉をひそめた。「女には狡猾《こうかつ》なところがあって、本心だって隠せるのよ」

アレクシーズは顔を曇らせた。「キャリーはそういうたぐいの女性ではありません。彼女は……」不意に言葉を切る。

母親は目を見開いて待ったが、彼は言葉を継ごうとしなかった。

「結婚まで考えているとして……あなたは彼女の何を知っているの?」

アレクシーズはこの会話をもう続けたくなかった。これまで厳しく線を引いてきた二つの世界の調和が崩れてしまう。しかしいま、その二つがぶつかり合うときが来たのだ。

「キャリーとはロンドンで出会いました」彼は当たり障りのない話をした。「彼女のことは……最近地方から出てきたばかりで家族がいないということくらいしか知りません……ウエイトレスの仕事をしています」

「ウエイトレスですって？」

「いや、母さんの想像するような女性では……」

「キリア・ニコライデスとは違う。そう言いたいのね？」ベレニーチェが引き取って言った。ひどくかすれた声だった。

アレクシーズはできれば母の視線から逃れたかった。彼女のいまの短い言葉の中に、三十年に及ぶ家族のつらい歴史がこめられている。

彼の頭にゆうべのディナーの光景がまざまざとよみがえった。キャリーは彼の思惑どおりの姿をみなの前にさらした。あれでは、彼の父親の愛人キリア・ニコライデスそのままではないか！

「残念ですが」アレクシーズは口を開いた。「彼女もキリアと同様、僕の援助を、僕の庇《ひ》護《ご》を受ける立場になります。つらい思いをさせるでしょうが」彼は母のほうを向き、厳しいまなざしで見返した。

アレクシーズはほかに言うべきことを思いつけなかった。愛人から妊娠を告げられたとき、父親も僕と同じ感情をいだいたのだろうか？　それまでの暮らしを永遠に変えてしまう出来事が、父本人やその愛人だけではなく、彼の妻や長男の人生も変えてしまった。さらに、そんな修羅場の中で生まれ、その存在自体がもめ事を引き起こすべく運命づけられたヤニスの人生も。

それと同じことが、いまアレクシーズの身にも起ころうとしている。

ベレニーチェはもう一度深く息をついた。「それが避けられないことなら、私はあなたの味方よ。精いっぱい協力するわ」力なく肩をすくめる。「厄介事を最小限にするためにもね。とはいっても……」彼女は不意に口をつぐみ、お手あげのしぐさをした。少しして言葉を継いだとき、その声はすっかり事務的なものに変わっていた。「今夜、私はスイスに発《た》ちます。ホテルの予約は来週だけれど、早めに行っても問題ないでしょう」ひと呼吸おいてきく。「あなたは……あなたも大丈夫よね？」

「もちろん」

ベレニーチェはうなずいた。それから衝動的に身を乗りだすと、息子の両腕を強くつかんで頬にそっとキスをした。

彼女はドア口で振り返り、もう一度息子に一瞥《いちべつ》をくれた。厳しい顔つきに戻っている。

「私が気にかけているのはあなたのことだけ。何もかも、あなたのためにすることよ……それを忘れないで」返事を待たず、彼女はドアを開けて立ち去った。

アレクシーズは重い気分で仕事に戻った。パソコンの画面に並ぶ数字を追っているうち、急に孤独感に襲われた。

誰かを抱きしめたい。キャリーの柔らかな体を引き寄せ、穏やかな息遣いを聞きたい。清潔な髪の香りを吸いこみ、規則正しい胸の鼓動を感じたい。

しかし、その感情がいまはことさら皮肉なものに思えた。


寝室のドアが開いたので、キャリーはなにげなく顔を向けた。看護師かと思ったが、そうではなかった。とたんにキャリーは緊張し、身構えた。

ベレニーチェ・ニコライデスはベッドにまっすぐ歩み寄り、しばらくキャリーを見つめた。完璧《かんぺき》な化粧をほどこした顔をかすかにしかめている。

「ゆうべとだいぶ印象が違うのね」ベレニーチェは言った。「あなただと気づかないかもしれないわ」

ギリシア語なまりはあるものの、なめらかな英語だった。女性にしてはかなり深みのある声だ。人目を引く容貌《ようぼう》に、キャリーは息子との共通点を見いだした。ただしベレニーチェは、セクシーでも、美形でもない。それでいて力強い美しさがあった。決して〝売春婦〟にはないものが。

キャリーは二つの驚きに打たれた。まず、この女性を見つめることができたことだ。あの悪夢のようなディナーでは、キャリーは終始みじめな思いでうつむいていたから、目を合わせるどころではなかった。もう一つの驚きは、ゆうべと違い、彼女の顔から氷のような冷たさが消えていたことだった。

「あなたとお話ししたくて来ました」アレクシーズの母親は言った。

ベレニーチェはブラインドの下りた薄暗い部屋を見まわし、壁際にある付き添い用の椅子を認めて不満顔になった。使用人がいれば、椅子をもっとベッドに近づけなさいと命じたに違いない。しかし、部屋には彼女自身と病人しかいない。しかたなく彼女は優雅とは言いがたい動作で自ら椅子を運んできて腰を下ろし、上品に脚を組んだ。

「あなたに提案があります」ベレニーチェの声は冷静で事務的だった。「あなたのいまの状態を……処置してくれるスイスの診療所を紹介しましょう。とても小さな診療所です。同意してくれるなら、五百万ユーロを差しあげます」

キャリーはアレクシーズの母親をじっと見あげた。言葉は耳に入っていたが、どこか別世界から聞こえてくるような気がした。キャリーはいま、他者から隔絶された場所にいた。周囲には巨大で堅牢《けんろう》な壁が巡らされ、何物をも、いかなる感情をもはね返した。

ただ、言葉だけが壁を越えて聞こえてくる。

「わずか数日のうちに莫大《ばくだい》なお金があなたのものになるのよ」ベレニーチェは感情のこもらない声で続けた。「もちろん、何もしなくても、自然の力があなたを望まない妊娠から救ってくれるかもしれないけれど……」

この人は忌まわしい結婚をなんとしても阻止したいのだろう、とキャリーは思った。息子にとって、公私ともに大きな災難となる結婚を。五百万ユーロは手切れ金にほかならないのだ。

「でも、自然は当てにできないし、医者に任せたほうが確実だわ。それに……」ベレニーチェの顔つきが変わった。「あなたを手ぶらで帰らせたくないのよ。それではあんまりですもの。そして、あなたも気づいているでしょうけれど、責任を感じて苦しんでいる息子を解放してあげたいのよ」

「私が中絶費用を受け取れば、彼は解放されるというのですか?」キャリーは淡々と尋ねた。

ベレニーチェの三日月眉がつりあがる。「のみこみが早いのね。あなたはウエイトレスだと聞いたけれど」彼女はまた表情を変え、わずかに身を乗りだした。「この申し出を受けてくれるわね?」

キャリーはベレニーチェを無表情に見つめた。

ベレニーチェは背筋を伸ばして座り直した。次に口を開いたときは、それまでと違い、打ち解けた口調になっていた。「あなたは息子と結婚するべきじゃないわ」一瞬の沈黙のあと、彼女は続けた。「そういう結婚はあなたを不幸にするもの。意地悪で言うのではなく、これは過去の経験にもとづく忠告よ。私ではなく……私の後釜《あとがま》に座った女性のね。あなたは彼女と似ているわ。息子と結婚すれば、あなたはきっと彼女のようになる。とても不幸に。あんな、男のお荷物になるような人生をあなたには送ってほしくないのよ。アレクシーズは父親とは違うから、あなたによくしてあげるでしょう。でも、それは望ましい結婚とは言えないわ」キャリーを見すえる彼女の目つきが急に険しくなる。「もしお金目当てなら、ただではすまさないから覚悟しなさい。この私を敵にまわさないことね。申し出を受けないと、必ず後悔するわよ」

キャリーの頭にある言葉が浮かんできた。アレクシーズの弟が苦々しく吐き捨てた言葉だ。

またの名は〝魔女〟……。

ヤニスの言っていたことは嘘《うそ》ではなかった。

ベレニーチェ・ニコライデスは椅子を後ろに引いて立ちあがった。「申し出を受けてくれるわね?」氷のように冷たい表情に戻っている。

「残念ですが」キャリーはうつろな目を向け、答えた。「お断りします。私は五百万ユーロのためにおなかの子を殺したりしませんから。これでお気に召しましたか?」

ベレニーチェ・ニコライデスはその場に立ちつくしていた。その顔にはなんの感情も浮かんでいなかった。

彼女はくるりと背を向け、部屋を出ていった。

キャリーは震えながらおなかに手を当てた。心が暗く深い穴の底へと沈んでいった。

9

アレクシーズはキャリーと話をしようと努めた。だが、何を言っても彼女がろくに返事をしないので、まともな会話にならなかった。いまだにブラインドを下ろしたままの薄暗い部屋で、彼女は身じろぎもせずベッドに伏せっていた。あれ以来、出血は止まっている。

朝になり、医師が往診に来た。いまはなんの処置もできないと言われたにもかかわらず、アレクシーズがとにかく診察してほしいと頼みこんだのだ。あとで悔いが残らないよう、キャリーに最高の治療を授けたかった。

アレクシーズは腫《は》れ物にさわるようにキャリーに話しかけた。「本当につらいね、待つしかないんだから」

キャリーは返事をしなかった。

「ただ祈るのみだ」

いったい何を祈れというの？　キャリーは彼を見つめるばかりで口を開こうとしなかった。

逃げなくてはいけない。ここを出ていかなくては。

彼女はその一念にとらわれていた。

ここから逃げなくてはいけない。できるかぎり早く、何がなんでもここを出るのだ。この家から、この世界から、そしてアレクシーズのそばから離れよう。

彼は自らの目的のために私を利用していた。彼の描いた忌まわしい未来から抜けださなければ。

結婚ですって?

アレクシーズは、私が結婚すると本気で思っているのだろうか? 私は彼と結婚などしないし、子供を渡すつもりもない。それが唯一、おなかの子供を救う道だ。義務と責任だけで育てられるような恐ろしい運命から我が子を救うのが母親の務めだ。お荷物として生きる運命から……。

アレクシーズのもとを去るのは胸が張り裂けそうなほどつらい。けれど、それはベッドに寝たまま繰り返し考えてきたことだった。

キャリーには一人で子供を育てる経済力はない。母親だけでは、たとえ国の援助があっても厳しい生活になる。生まれてくる子供にそんな苦労は味わわせたくない。仮に経済的な余裕があったとしても、大富豪のアレクシーズと親権を争えるほどではない。となれば、養子に出すのが唯一の方法だった。

彼女の喉を石のような塊がふさいだ。

アレクシーズはまだ話しかけている。彼は絶えずキャリーに話しかけ、彼女を一人にしなかった。そのため、キャリーのほうから彼を締めださなくてはならなかった。巨大で堅《けん》牢《ろう》な壁の外に。

「これではあまりにも陰気だ。ブラインドを上げてもかまわないか？」

「だめ」キャリーは感情のこもらない声ではねつけた。アレクシーズを見つめるその顔にも表情がまったくない。「疲れたわ。もうちょっと眠ったほうがいいみたい」

アレクシーズはうなずいた。「そうだな、眠るのがいちばんだ」

キャリーは再び顔をそむけ、彼を視界から締めだした。

アレクシーズは寝室を出てオフィスに戻った。当分は、そこが彼の待合室代わりになるだろう。重い足どりで机に向かい、腰を下ろす。少なくとも、仕事をすれば気がまぎれる。彼はパソコンのマウスに手を伸ばし、仕事に打ちこんだ。


昼食時、アレクシーズはもう一度様子を見に行った。キャリーは相変わらず反応が鈍かった。彼の遠慮がちな問いかけに答えることもなく、感情のこもらない目で彼を見やっても、すぐに顔をそむけてしまう。しかし、彼にはキャリーの態度が理解できた。彼女が何を答えられるというんだ？　僕にしたって何を言える？

アレクシーズは顔をこわばらせ、寝室をあとにした。

キャリーは去っていく彼の足音を聞いていた。彼にはそばにいてほしくなかった。一人でひたすら壁を見つめていたかった。それは彼女の心の中にある壁と同様、世界を締めだす壁だ。ブラインドを下ろしたままにしているのも、同じ理由からだった。

午後遅く、医師がまた診察に現れ、キャリーに新たな忠告をした。

「休息は必要ですが、こんなふうにじっと横になってばかりではいけません」医師は告げた。「明日は外に出て新鮮な空気を吸ってください。それに」彼は言い添えた。「栄養飲料も処方しましょう。妊婦に必要な栄養補助食品もとらないといけません。もちろん、食事療法と並行して」

キャリーはその栄養飲料と栄養補助食品を口にし、看護師が運んできた食事もとった。けれど食欲はなく、喉の渇きも感じなかった。医師が去ったときにはほっとした。医師とともにアレクシーズも部屋を出たが、すぐに戻ってきた。キャリーは彼を見つめた。見知らぬ人間に見える。

そもそもの初めから、アレクシーズは私とは縁もゆかりもない人間だったのよ。彼女は自分にそう言い聞かせた。

「僕も医者の意見に賛成だ」アレクシーズは励ますように言った。「一日じゅう薄暗い部屋で横になっているのはよくない。朝になったら、テラスにソファベッドを出しておこう。

そうすれば海も見える」

キャリーは海を眺めたいとは思わなかった。薄暗がりの中、身動きもせずにただ壁を見つめて横たわるのが唯一の望みだ。妊娠の事実など忘れてしまいたいし、ニコライデス家の屋敷からも逃げだしたかった。アレクシーズから離れ、二度と顔を合わさずに過ごせたら、どんなにいいだろう。

ここを出なくては。できるだけ早く、チャンスが訪れたらすぐに。

しばらくすると、アレクシーズは部屋を出ていった。

アレクシーズは看護師や使用人たちの手を借り、キャリーをテラスのソファベッドに落ち着かせた。

彼にベッドから抱き起こされて運ばれていくとき、キャリーは凍りついたように身をこわばらせ、目をきつく閉じていた。彼に触れられるのが耐えがたかったのだ。

言葉を交わすのもつらかったが、話をしないわけにもいかなかった。

うまく話ができず、キャリーは苦労した。言葉を選び、つなぎ合わせるのが難しい。とはいえ、耐えるしかない。覚悟を決め、逃げだす機会をうかがうしかないのだから。

広いテラスをなかば覆う大きな日よけの下で、アレクシーズは彼女から少し離れた場所で海を眺めている。陽光を浴びて海原が輝き、テラスの一段下にある大きなプールの青い水面《みなも》もきらめいている。見上げれば、青空にひと筋の飛行機雲が伸びていた。なんとも言えず、美しい景色だ。しかし、キャリーには別世界としか感じられなかった。心の壁はいまはガラスとなり、そのガラス越しに風景を見てはいるものの、それが決して壊せない壁であることに変わりはない。

先ほど看護師が寝室に運んできた朝食を、彼女はほとんど口にしなかった。食欲がまったくないうえに、また吐き気に襲われ、それがいっそう激しくなっていた。栄養補助食品と栄養飲料はしかたなく飲み下したものの、いま出されたレモンティーは、ひと口飲んだだけでカップを押しやった。アレクシーズはいつものように濃いめのブラックコーヒーを飲んでいた。

朝はブラックコーヒー、夜はカフェイン抜き。夕食にはワインを三杯まで。デザートには新鮮な果物と、ときにはチーズ。ミネラルウォーターを一日一リットル。平日は四十五分、週末はその倍の時間、ホテルのジムで体を鍛える。朝食前に一キロ泳ぎ、船で沖に出てダイビング。日に二度ほど髭《ひげ》を剃《そ》り、口が焼けそうな強いミントの歯磨き粉を好む。バスルームでは浴槽につからず、もっぱらシャワーだ。食事中は決して電話に出ない。肉より魚を好み……。

アレクシーズに関して知っている事柄が次から次へと頭の中にわいてくる。知っていることが多ければ多いほど……いいえ、だからといって本当に知っているわけじゃないわ、彼のことなど何一つ……。

ここを出ていかなければ！　はるか彼方《かなた》へ逃げるのよ。

「アレクシーズ……」彼の名を口にするのはつらかったが、キャリーは勇気を奮い起こして呼びかけた。

アレクシーズが彼女のほうに向き直った。黙って次の言葉を待っている。彼は薄いけれど頑丈なガラスの向こう、キャリーから遠く隔てられた場所にいるように見えた。

しかし、それはいまに始まったことではない、とキャリーは思った。彼がどんなに離れているところにいるか、私が気づかずにいただけだ。

「私、ロンドンに戻りたい」キャリーは訴えた。低く張りつめた声で続ける。「ここにはもう、いたくないのよ」

アレクシーズはしばらくのあいだ無言だった。やがてよどみない口調で言った。「医者の話では、君にはまだ休養が必要だそうだ」感情のこもらない、よそよそしい声音で続ける。「だが、君が望むのなら、なるべく早く……ロンドンに戻ろう。だから、それまでもう少し……」

彼は飲みかけのコーヒーをテーブルに置いて立ちあがった。明らかにこの場を離れたがっている。

「我慢して医者の忠告に従ってくれないか。では、昼食までちょっと失礼させてもらうよ。

仕事が残っているから」

ぎこちない微笑を浮かべ、アレクシーズは離れていった。キャリーは手のひらに爪が食いこむほど、手を強く握り締めながら、彼の背中を見つめていた。

もうここにはいられない！　体じゅうの細胞が、さっさとここを出るのよ、とわめきたてている。キャリーは悲しげな顔で眼前の風景に目を向けた。降り注ぐ日差しを受けて紺《こん》碧《ぺき》の海が輝き、湾曲した浜辺に波が寄せては返す。しかし、キャリーは景色など眺めていたくなかった。寝室に戻ってブラインドを下ろし、ただ壁を見つめていたかった。

紺碧の海と美しい浜辺。さわやかな風が頬を撫《な》で、明るい日差しが肌を焼く。そのとき、キャリーは自分の深いところで何かが砕けるのを感じた。必死に食い止めようとしたが、無駄だった。

強大な力が津波のように襲いかかって心の壁を砕き、押し流して、内側にひそんでいた彼女を猛烈な勢いでさらっていく。

キャリーは絶望的な思いで目を閉じた。まぶたをきつく閉じ、両手で顔を覆う。それでも、網膜に刻みつけられた鮮烈な光景は消えなかった。

浜辺にアレクシーズの姿がある。彼は笑顔で子供を抱え、子供もはしゃいで笑っている。傍らに立っているのは長いブロンドの髪の女性だ。彼女はその顔を愛と幸福で輝かせ、子供とアレクシーズに向かって両手を広げる。アレクシーズが彼女を抱きしめ、彼らの子供とともに抱き寄せて……。

キャリーはくぐもった叫び声をあげた。急いで目を開け、無人の砂浜を見やる。視界が涙で曇り、みじめな思いに息がつまった。キャリーは枕《まくら》に顔をうずめ、おなかに手を当てた。かばうように、そしてあきらめるかのように。

どうして幻想でしかないことを望めるだろう。現実味のない、残酷な幻想だというのに。おなかに当てていた手を、キャリーはゆっくりとわきにずらした。それから、心の周囲に煉瓦《れんが》を一つ一つ積みあげて壁を築き直し、外の世界を締めだして、光を遮断した。かなえられない残酷な希望を追い払い、現実と向かい合うために。

キャリーは再び自らの内に閉じこもった。待つしかない、私の子供を手放すときが来るのを。それしか……。

苦痛は耐えがたかった。

けれど耐えなくてはいけない。どうしても。


アレクシーズはパソコンの画面を見つめた。キャリーには仕事が残っていると言ったものの、彼女のそばを離れる口実でしかなかった。結局は、彼女もそう願っていたのだから。口には出さずとも、あれほど露骨に顔をそむけられたら、誰でもわかる。彼がベッドから抱き起こしたときも、体を石のように硬くしていた。

最善を尽くして守ろうとしている僕に、キャリーはなぜあんな態度をとるんだ？　アレクシーズのいらだちは限界寸前だった。責任を果たすために彼女に結婚を申し出たのに。これ以上、僕に何ができるというんだ？

アレクシーズは椅子を後ろに押しやった。フレンチドアを開け、テラスに出て新鮮な空気を吸いこむ。

気温は上がりつつあった。ギリシアの暑い夏はもう間近だ。彼は日差しで熱くなった石の手すりをつかみ、見慣れた景色を眺めた。少年時代、夏はいつもここで過ごした。そのころ、両親は父の愛人にできた子供のことでいさかいが絶えなかった。

父のせいで、ヤニスもつらい幼年時代を送った。母親を取りあげられてしまったのだから。キリアには有能な弁護士を雇うだけの経済力がなかったせいで、離婚の際に息子を手放す羽目になったのだ。

アレクシーズの表情が険しくなった。我が子をそんな目に遭わせたいと思う親がいるだろうか？

なのに、彼はそれをしてしまった。不覚の出来事とはいえ、キャリーのおなかに宿った子供は、アレクシーズの異母弟と同様に現実の存在だった。

母親は息子を立派な人間だと常々自慢してきた。アレクシーズは唇をゆがめて自嘲《じちょう》した。不注意でできた子供を婚外子にしないために、つき合って間もない女性と結婚する。

それが立派な人間のすることか？

だが、それ以外に何ができる？

すると別の声が聞こえた。聞くまいとしても、黙らせようとしても容赦なく聞こえてくる。

気ままな独身生活がおびやかされたと嘆いて自己憐憫《れんびん》に浸るのはやめるんだな。当然の責任を果たすくらいのことで、いい気になるんじゃない！

アレクシーズはむっとしてその声を強引に黙らせようとしたが、引き下がる気配はなかった。

何ができるかの問題じゃない。おまえは、自分の義務を果たさなければいけないんだ。まっとうな、正しいことを！

そして、おまえの父とは違う父親になるんだ。

望んでも歓迎してもいないが、すべては運命の定めた道だ。子供ができたことを悔やんだり、生まれないように願うのは間違っている。

アレクシーズは強い感情に揺さぶられた。そうだ、最高の父親になるんだ！　生まれてくる子供に精いっぱいの愛を注ごう。

彼は手すりの向こうに広がる浜辺に視線を落とした。子供のころに遊んだ浜辺だ。

僕の子供もあそこで遊ぶのだ。

キャリーもいるし、その隣には僕もいる。彼女は愛情深い、優しい母親になるだろう。彼女がニコライデス家の嫁としてふさわしいか否かなど、この際どうでもいい。彼女に教養が不足しているからといってとやかく言う権利は誰にもない。

もし相手がマリッサだったら、僕は同じ道を選択しただろうか？ あるいはアドリアーナなら？

いや、しない、と答える声が即座に聞こえた。

遠い昔の記憶がアレクシーズの脳裏に浮かんだ。ヤニスの母親は彼の乳母役を務めてくれた。幼いころのあいまいな記憶ながら、彼女が穏やかで愛情深い人間だったことを覚えていた。彼が転んだとき、優しく抱き起こしてくれた。彼を膝にのせ、イギリスの愉快な童謡を身ぶり手ぶりで歌ってもくれた。にこにこと、よく笑う女性だった。

彼女がいなくなったとき、アレクシーズは寂しくてたまらなかった。

キャリーはヤニスの母親のようになるだろう。キャリーは心が温かく、愛情深い。それこそ母親に必要な資質ではないだろうか？

そうだ、僕の子供の母親として、キャリーならばなんの不足もない。ベッドの相手としてもすばらしい。では、長い歳月をともにしていく伴侶《はんりょ》としてはどうだろう？

アレクシーズはかぶりを振った。いま考えてもしかたがない。未来は、誰もあらがえない運命の手にゆだねられているのだから。

その夜、キャリーの出血が再び始まり、今度は止まらなかった。

彼女の寝室に医師と看護師が入り、アレクシーズは部屋の外で待機した。キャリーが彼にはいてほしくないと訴えたからだ。医師も、アレクシーズにできることはないと言った。彼は身を硬くして診察が終わるのを待った。

しばらくして寝室から出てきた医師は、ひどく深刻そうな表情を浮かべていた。

アレクシーズは憔悴《しょうすい》しきった顔で医師を見つめて頼んだ。「彼女に会わせてください」

医師はかぶりを振った。「鎮静剤と鎮痛剤をのんだところです。彼女にはしばらく睡眠が必要です」かすかに眉をひそめる。「誠に残念ですが」医師の口から大きなため息がもれた。「自然の下した結論です。往々にして……それが最善なのです」

医師は患者が目を覚ましたらまた来ると言い、帰っていった。

アレクシーズは廊下に立ちつくしていた。それから自分を奮い立たせ、キャリーの眠る部屋に入った。室内は薄暗く、明かりは看護師が座っている椅子のわきにあるスタンドだけだった。看護師が彼を認めて口を開きかけると、アレクシーズは手を上げて制し、ベッドに歩み寄った。

キャリーの眉間《みけん》には深いしわが刻まれていた。額に汗がにじみ、髪がほつれている。アレクシーズはしばらく彼女を見つめていた。彼女は身じろぎもせず、胸が上下しているようにも見えない。唇のかすかな開きで、かろうじて呼吸をしているのが確認できた。その姿を見てどう感じたらいいのか、アレクシーズにはわからなかった。わかるのは、心に描《か》き始めていた未来が変わったということだけだ。生まれてこなかった子供が描き換えたのだ。

罪の意識がアレクシーズの心を鋭く突き刺した。

僕にできることがあったはずだ。絶対に何かあったはずだ！

しかしもう遅い。すべては終わってしまった。

アレクシーズは眠っているキャリーを見下ろした。彼の胸にはとらえどころのない感情があふれていた。やがて彼は、鎮静剤の効果が切れるころに呼んでほしいと看護師に告げ、部屋を出た。

過去から続く時間が再び流れ始め、すべてが元に戻っていく。未来が過去に引き戻されたのだ。

目が覚めたとたん、キャリーは何があったか思い出した。どんな薬をのんだにせよ、記憶はとぎれていなかった。視界もはっきりしている。

アレクシーズがそばにいた。ブラインドのすき間から日差しが矢となっていくつも差しこみ、それを背にした彼の長身がシルエットとなっている。彼は無言だった。張りつめた顔がよそよそしく、見知らぬ人のようだ。

いいえ、これまでもそうだったのよ。

誤って私を妊娠させた赤の他人。そして、私はもはや妊娠もしていない。

アレクシーズが口を開いた。「キャリー……」沈んだ口調で言う。「とても残念だ」

その言葉はそらぞらしく聞こえ、キャリーは黙っていた。アレクシーズは残念がってなどいない。お義理にそう言っただけよ。誠意を見せるために結婚を申しこんだときと同じ。

この無罪放免を、彼はどんなにありがたがっていることかしら！

しかし、卑屈で毒のある非難を、キャリーが彼に投げつけることはなかった。言ってどうなるの？　彼女は顔をそむけ、壁を見つめた。

「キャリー……」

アレクシーズが彼女の手を取ると、キャリーはすばやく手を引っこめた。彼はもう一度手を取ろうとはしなかった。

「キャリー……お願いだ、こっちを見てくれ」

だが、キャリーの心は嫌悪でいっぱいだった。いや、もっとひどかった。彼女は底知れぬ虚無感にとらわれていた。

しばらくアレクシーズはそこに立ってキャリーを見つめていた。やりきれなかった。彼女を慰めたくても、どうすればいいかわからない。

とにかく、彼女をここから連れだそう。悲惨な記憶の刻まれたこの場所から遠ざけるのだ。

彼女が口にした唯一の希望は、〝ロンドンに戻りたい〟だった。アレクシーズは請け合った。彼女とはどんないさかいも起こしたくなかったからだ。だが、いま彼の頭にあるのはロンドンではなかった。

彼女には休息が必要だ。心身ともに。

アレクシーズは混乱していた。人生をがらりと変えてしまうはずだった未来が一瞬にして消えたのだ。キャリーが倒れた理由を医師から告げられたときと同様、ショックで心がからっぽになって、頭は働かず、何も考えられない。

彼女も僕と同じなのか？　ばかを言うな。彼女の苦しみは想像もつかないほど大きいはずだ。妊娠し、出血し、おなかの子の無事を祈りながらも結局は流産した。その痛手は計り知れない。

アレクシーズの中で、なじみのないうつろな感情がふくらみつつあった。ここを離れなくては。その思いはますます強まり、彼をせきたてた。

そうだ、サルディニアに行くんだった。予定どおりキャリーをサルディニアへ連れていこう。

あるシーンがアレクシーズの脳裏に浮かんだ。豪華なホテルでキャリーとくつろいでいる光景だ。松林のかぐわしいにおい、専用プールの青い水面。柔らかな音楽が流れる、二人きりの神聖な世界。キャリーはそこで休息をとり、回復するだろう。それこそ僕にできることだ。彼女が言い知れぬ苦しみを味わったこの島から遠ざけ、楽園に連れていこう。

アレクシーズはとっさに手を伸ばし、彼女の髪に触れた。淡いブロンドの髪を軽く撫でると、キャリーはたじろいで身を遠ざけた。彼ははっとして手を引っこめ、いらだちをつのらせた。いや、いらだち以上の、名状しがたい感情だった。彼はキャリーにもう一度触れたかった。しかし自分を押しとどめた。いまのところ、彼にできることはほとんどなかった。彼女には時間が必要だ。そして時間こそ、いまの彼がキャリーに与えられるものなのだ。

何かあったらすぐ呼んでほしいと看護師に言い残し、アレクシーズは部屋を出た。そしてオフィスに戻り、無力感を抱えたまま仕事に没頭した。

10

それからの二日間、アレクシーズはキャリーを医師と看護師の手にゆだねた。

医師はキャリーを診察したあと、アレクシーズに単刀直入に意見を述べた。「心身の後遺症を考えれば安静第一です。ただ、それよりもむしろ、このまま重い鬱《うつ》状態に陥ってしまわないかと心配しています。もちろん抗鬱剤なども処方します。しかし、いちばんの薬は転地療養、彼女が完全に立ち直れる場所に行くことです。本人はいやがるかもしれないが、このまま暗い部屋に閉じこもっていてはいけない。時間はかかっても、前に進まなければ」

アレクシーズはうなずいた。医師と意見が一致したのはありがたかった。「あとどれくらいたてば出かけられる状態になりますか?」

「患者さんは若いし、体力もあります。きつい旅でなければ、いますぐでも大丈夫です」

アレクシーズにとっては願ってもない答えだった。「ありがとうございます、ドクター!」

「とにかく、あの陰気な部屋から早く連れださなければいけません。彼女には日差しと新鮮な空気が必要です。多少強引にでも外に出してください。彼女がいやがるのは鬱状態のせいですから」

医師が帰ったあと、アレクシーズは使用人たちに細かな指示を与え、キャリーがテラスの日よけの下でソファベッドに身を落ち着けるのを待った。

テラスにいる彼女に近づいていくとき、彼は同じことが前にもあったのを思い出し、せつなくなった。あのときはまだ、キャリーはまだ彼の子供を身ごもっていたのだ。

それがいまは……。

いや、もう考えまい。いまはキャリーが前へ進めるよう手を引いてやるしかない。

彼の足音を聞いたはずなのに、キャリーは身じろぎ一つしなかった。ひたすら海を眺めている。

アレクシーズは彼女の視線をたどり、はるか遠くの海原に浮かぶ白い帆を認めた。とたんに彼の中で感情がもつれた。つい何日か前、アレクシーズは混乱した思いをいだいてこの海を眺めていた。あのとき彼が見つめていた未来はもはや跡形もなく消え去った。

彼は背筋を伸ばした。いま考えなくてはいけないのは現在のこと、つまりキャリーの傷をいやすことだ。

アレクシーズはキャリーのそばの椅子に腰を下ろした。案の定、テーブルの上の栄養剤は手つかずだ。彼女は以前より顔色が悪く、ずっと弱々しく見えた。

「キャリー……」

またそっぽを向かれるのかと思っていると、キャリーは彼のほうに顔を向けた。

「私はいつロンドンに戻れるの？」

穏やかと言えるほど冷静で、同時に、何万キロも離れているようなよそよそしい声音だった。

アレクシーズは顔をしかめた。「ロンドン？」

彼女はここからほうりだされるとでも思っているのだろうか？　それなら、いますぐ安心させてやらなければ。「キャリー、君が行くのはロンドンじゃない」アレクシーズは切りだした。「すっかり回復するまで、君には転地療養が必要だ。恐ろしい悪夢から立ち直るためにはぜひそうするべきだと医者からも勧められた。だから、予定どおりサルディニア島に行こう。そこでのんびりと静養して……」

キャリーは彼をまじまじと見ていた。しだいに大きく見開かれていくその目が、いきなり痛々しいほど細くなった。顔が引きつり、美しく長い髪が輝きを失う。やにわに彼女はよろよろと立ちあがった。身を硬くして立ってはいるものの、体は揺れ、いまにも倒れそうだ。アレクシーズはとっさに立ちあがり、両手で彼女の肩をつかんで支えようとした。

キャリーの反応は尋常ではなかった。アレクシーズを荒々しく突き放し、手すりのほうにさっと後ずさるや、甲高い声で叫んだ。「さわらないで！　もう我慢できないわ」

「キャリー、いったい――」

「信じられないわ」彼女は声高に遮った。「まるで何事もなかったみたいに、サルディニア島に行こうと言いだすなんて！」

「違う……そうじゃない」アレクシーズはすぐさま両手を上げて否定した。「キャリー、聞いてくれ！　本当に恐ろしい出来事だったが――」

「そうでしょうとも！」キャリーは今度も彼に最後まで言わせなかった。「あなたにとって私の妊娠はさぞかし恐ろしいことだったでしょうよ。義務感から結婚を申しこむのもね！　でも、そんな心配はいらなかったのよ。私は子供を養子に出すつもりだったのだから」

キャリーは顔をゆがめた。抑えてきた感情が一気に噴きだす。

「なんだって？」アレクシーズは驚いて尋ねた。

キャリーは目に異様な興奮の光を宿らせ、胸を上下させながら答えた。「誰があなたの忌まわしい一族の血を引いた子供を欲しがるものですか。実の祖母が中絶を持ちかけてくるような一族なんて。そんなおぞましいところへ我が子を追いやる母親がどこにいると思う？」

「いったいなんの話だ、キャリー？」

「あなたの母親がわざわざ言いに来たのよ」キャリーは再び顔をゆがめた。「五百万ユーロと引き替えにおなかの子供を始末しろってね！」

アレクシーズの顔から血の気が引いた。「まさか。信じられない！」

「私の耳がどうかしていたとでもいうの？」キャリーは怒気をこめて言い返した。「あなたと結婚するな、すれば必ず不幸になると言われたのも、私の聞き間違い？」

「いったい……いつ母がそんなことを？」アレクシーズは体じゅうの血が凍りつくのを感じた。母親の言葉が脳裏によみがえる。

〝いつだってあなたの利益を守るわ。たとえ、あなたが私を必要としていなくてもね〟

「お見舞いに来たときよ。彼女は大事な息子の愛人と話をするため、しかたなく私のいる部屋に訪ねてきたというわけ。あなたの父親が囲ったのと同じ、売春婦のもとにね！あなたは結婚話をまとめようという母親のもくろみをつぶそうとして、私を利用し、みんなが集うディナーの席で派手に飾りたてた私を披露したんでしょう！」

アレクシーズはひどく動揺していた。キャリーはいったいどこからそんな情報を仕入れたんだ？

「私はまったく気づかなかったわ。当然よね、おつむが弱くて腰の軽い女なんですもの。だから、あなたのいやらしい弟が、単細胞頭の私に噛《か》んで含めるように洗いざらい教えてくれたのよ！」

アレクシーズは衝撃を受けた。「なんだって！　ヤニスが君にそんなことを吹きこんだのか？」

「そのとおり」

「いったい、いつの話だ？」

「あの朝よ……私が出血して倒れた日の」

アレクシーズの顔が曇った。確かに、あのときヤニスの小型ヨットを目にした。あの直前、ヤニスは彼女に恐ろしい話をしに来ていたのか……。

キャリーは続けた。「あれは、あなたが母親主催のディナーで私を見せ物にした翌朝だったわね。あのパーティにどんな意味があったか、ヤニスが全部説明してくれたわ。あなたが通りで安っぽい女を拾ってベッドの相手に選んだ理由も、あなたの忌まわしい家族についても、何もかも！」

「ばかな」アレクシーズの口から怒りに満ちたののしり言葉が発せられた。「ヤニスの言うことなどでたらめだ！　どうしてあいつの言葉に耳を傾けるんだ、キャリー？」

「彼の話に間違いがないからよ！　私はあなたに通りで拾われ、その夜のうちにあなたとベッドをともにしたんだもの。高価なドレスを買ってもらい、贅沢《ぜいたく》なホテルに泊まり、ダイヤモンドを身につけた。あなたの弟が言ったとおりの、愚かでおつむが弱くて腰の軽い女、男性のお飾りとして連れ歩くだけの愚かな女よ。だから、下品で醜いばかりの世界を、ロマンティックな夢物語だと勘違いした。あなたとベッドをともにするのは、ブランド品やクルーザーやシャンパン、それにファーストクラスの空の旅や専用ジェットやヘリコプターを楽しめるから――」

彼女の口からあふれ出るものを打ち消すかのように、アレクシーズは右手を荒々しく振った。「それは違う！」激しい怒りをこめて否定する。

「いいえ、違わないわ」キャリーはいまにも泣きだしそうな声で言い返した。顔をこわばらせてアレクシーズをにらみつける。「私はあなたのお友達とはうまくつき合えなかった。美術も政治も、それから芝居も文学もオペラも何も知らない。あかぬけた会話もできないし、外国語もだめ。それでもあなたが私を……売春婦同然に見ていたなんて思いもしなかった」肺を痛めかねないほどの激しさで息を吸いこむ。「自分がどんなに救いがたい愚か者か、よくわかったわ」

アレクシーズも深く息を吸った。ナイフで切り刻まれたように鋭い痛みが胸に走る。このままではいけない。なんとかしなければ……なんとか……。

だが、何をすればいいんだ？　背筋がすうっと冷たくなるのを感じつつ、アレクシーズは必死に言葉を探した。

「キャリー、僕は君をそんなふうに見たことなど一度もない。本当だ、信じてくれ！　母の見合い攻勢をやめさせようとして君をディナーに同伴したのは事実だ。ただ……」声がとぎれる。アレクシーズは彼女の目を見ることに苦痛を覚えた。「まさか君がその意図に気づくとは思わなかった。あそこにいた客には二度と会わないだろうし、彼らにどう思われようと問題ないと思っていたんだ」

しばしの沈黙のあと、キャリーはその場の空気を切り裂くような口調で話し始めた。

「だから、あなたが私をどう思っているかということも、私がどんな人間かということも、どうでもいいのね。あなたの望みどおりの人目を引く容姿を持ち、ベッドの上でも積極的だったら、それでいいんでしょう」

「キャリー、君が少しばかり教養不足だからといって、そんなに……」つかの間、アレクシーズは言葉を切った。「卑屈になる必要はないだろう」再び間が空く。何をどう言おうと説明できるものではなかった。それでも、これだけは言っておかねばならない。「あのディナーに連れていった理由は、君には最後まで知らせないつもりだった。それは……」

苦しげに息をついて続ける。「君の関知することじゃないと思ったからだ」

「私がおつむの弱い売春婦だから、気づくはずがないと思ったわけ？」キャリーはまばたき一つしなかった。

「キャリー、そんな――」

「いいえ、そうよ、おつむの弱い売春婦――それが私にふさわしい言葉よ」

「違う！」アレクシーズは再び手を振って打ち消した。「そんなことは言わせない。僕は君に、経験したことのない世界を味わってもらうのが楽しかった。シャンパンを飲み、飛行機のファーストクラスに乗って大喜びしている君を見ているとうれしくなった。君に贅沢をしてもらうことが幸せだった。美しいドレスを買い与え、君をいっそう美しく着飾らせることが僕の喜びだったんだ」

「でも、まったくの親切心からしたことじゃないでしょう？　私が目も当てられないほど不器量だったら、あなたははたしてそんな贅沢を味わわせてくれたかしら？」キャリーは自らかぶりを振った。「絶対にしてくれなかったわ。あなたは私とベッドをともにしたくてそうしただけ。それがあなたの目的なのよ。私がシャンパンを飲み、デザイナーズ・ブランドのドレスを身につけているあいだはね。だから私はおつむの弱い売春婦なの。愚かさは犯罪ではないけれど、私のしたことは犯罪並みだわ。私は真実を見たくないばかりに、自分のしていることから目をそむけた。現実ではなく、ロマンティックな幻想を見ていたかったから」

突然、キャリーの顔を苦々しさがよぎった。

「私は自分を欺き、私は蝶々《ちょうちょう》夫人みたいな愚かしい女じゃないと思い続けた。でも、実際は……彼女と似たようなものだった」キャリーは消え入りそうな声で続けた。「幸い、私は彼女と同じ運命をたどらずにすんだけれど……自分にとってなんの意味もない男性の子供を産まずにすんだから」彼女はしばしおなかに手を添えたあと、わきに力なく垂らした。もはや守るべきものはないのだ。

ひどく日差しがまぶしかった。キャリーは自分があざ笑われ、罰せられている気がした。彼女は抜け殻だった。からっぽだった。

沈黙が二人を包んだ。

キャリーにはもはや言うべきことがなかった。

やがて、アレクシーズが口を開いた。「明日の便でロンドンに戻れるよう、手配するよ」

それからキャリーが出発するまで、アレクシーズは彼女と顔を合わせなかった。そのほうが彼女のためなのだと、彼はパソコンの画面を見つめながら思った。ごまかしにすぎないと知りつつ、自分にそう言い聞かせるほかなかった。

キャリーは去った。

アレクシーズは何時間も仕事をして気をまぎらした。ブラックコーヒーと軽いものだけを口に運び、目が乾いて痛むまでパソコンに向かい、テレビ会議の相手がいなくなる時間まで休みなく仕事を続けた。夜も遅くなってから、彼はようやくオフィスを出た。

キャリーがいなくなったあとの山荘はいやにひっそりしているように思えた。あたりの空気が虚無感にあえいでいるようだ。

アレクシーズはテラスに出た。テラスの先には、十メートルものダイニングテーブルが優におさまるほどのスペースがある。星空の下で食事をとるために設けた場所だが、キャリーをここに連れてきた日もそうだったように、彼の母親はいつも屋内でのディナーを好んだ。

不意にアレクシーズは足を止めた。

来客たちがテーブルを囲み、母親が上席に座っている光景が脳裏に浮かんだ。母親の右手にはアナスターシャ・サバルコスがいる。暗緑色のハイネックのイブニングドレスを着た彼女は薄化粧で、黒髪をきつくシニョンに結い、耳には真珠のピアスをつけて清楚《せいそ》な気品を漂わせている。彼の隣に座っている娘とは正反対の外見だ。

キャリーのまとっていた、胸もとの広く開いたドレスや、そのドレスからこぼれそうな魅力的な胸のふくらみ、むきだしになったなめらかな肩と背中、波打つ長いブロンドの髪が次々と目に浮かぶ。大きな目は化粧でさらに強調され、唇は彼のキスの名残でふっくらしている。キャリーは終始無言だった。話をするきっかけもなく、会話はすべてギリシア語で、誰も彼女と口をきこうとしなかったからだ。誰もが彼女の存在を無視した。

アレクシーズは口もとを引き締めて顔をそむけると、一段下のテラスへ続く石段に向かった。

キャリーをここに連れてきた理由を、彼女に知られてはいけなかったのだ。

僕が彼女を、セクシーな体で男をとりこにする女性に見せかけ、これでは結婚などする気になるまいとみなが思うように仕向けた事実も。

〝母親主催のディナーで私を見せ物にした〟

恨みに満ちたキャリーの言葉が脳裏に焼きついている。

なじみのない感情がアレクシーズの胸を突き刺した。これまで一度も味わったことのない感情だ。

恥辱。

アレクシーズは自らを恥じていた。

僕はキャリーが訴えたとおりの役割を彼女に演じさせたのだ！　自分の目的のために彼女を利用した。本人が気づかなければ問題ないなどと、勝手な言い訳をこしらえて。

低いほうのテラスに出たころには、アレクシーズの姿は夜の闇《やみ》に包まれていた。プールの水を照らす幻想的な明かりだけが、周囲の闇を切り裂いている。

再びキャリーから浴びせられた痛烈な言葉がよみがえった。

〝あなたが私をどう思っているかということも、私がどんな人間かということも、どうでもいいのね。あなたの望みどおりの人目を引く容姿を持ち、ベッドの上でも積極的だったら、それでいいんでしょう〟

違う！　彼女をそんなふうに見なしたことなど一度もない。おつむの弱い売春婦とも！

僕はそんなふうに人を侮辱したりしない。ヤニスの言葉がキャリーの心に毒を流しこんだのだ。

だが、〝人目を引く容姿を持ち、ベッドの上でも積極的〟というのは？　僕にとって、それが彼女の魅力のすべてなのか？

思い出がもっとせつない感情を運んできた。

何事にも無邪気に反応するキャリー。夢にも見たことのない場所に連れていかれ、感激に目をみはっていた。色鮮やかな美しいイブニングドレスを着たり、年代物のシャンパンを飲んだりするたびにはしゃいだ。デパートのおもちゃ売り場にやってきた子供のように……。

つまりは、すばらしいセックスの見返りとして贅沢を与えたということか？　それが彼女を売春婦扱いしたことになるのだろうか？

キャリーのほうから何かを要求したことは一度もないし、物欲しげに媚《こび》を売ってきたこともない。だからアレクシーズは、セックスの報酬として彼女に何かを与えたなどと考えたためしはなかった。

そもそも、打算だけでキャリーに近づくはずがない。セクシーな魅力を感じたからこそ彼女に興味を持ったのだ。僕はキャリーが欲しかった。だから、そばに置いた。僕にとって贅沢は日常だから、彼女にも同じものを分かち合ってもらったにすぎない。

アレクシーズは周囲の風景をやるせない表情で眺めた。蝉《せみ》の鳴き声がにぎやかで、花の香りが濃厚に漂い、浜辺に打ち寄せる波の音が聞こえてくる。そこには美しさと豊かさがあった。

キャリーとの暮らしもこの風景と同じだったのだろうか？　彼女が美しさを、僕が豊かさをもたらしたのか？　キャリーが僕と一緒に過ごしたのは、その豊かさだけが理由だったのか？　彼女にとってはそれが僕の唯一の魅力だったのだろうか？

いや、違う。仮に僕たちが二人ともぼろを身にまとい、粗末な部屋に住んでいても、キャリーはなめらかな肌を僕に愛撫《あいぶ》させ、僕の腕の中で体をとろけさせただろう。激しい絶頂を迎え、震えながら僕にしがみついたはずだ。

アレクシーズはこみあげる思いに胸をつかれた。

のぼりつめたあとにキャリーがもたれかかってきたときの思い出が、刃《やいば》となって彼を切り刻んだ。むさぼるような激しい営みのあとに迎える安らぎのひととき、疲れきった彼女が休息を求めて吐息をもらすと、その温かな息が彼のむきだしの肌を撫《な》でた。

キャリー……。

彼女の名前がアレクシーズの頭の中でこだました。いまやそれだけが彼に残されたものだった。

「彼女が恋しいのか？」

テラスの端にあるプールの暗がりから、耳にしたくない声がした。闇の中をヤニスが音もたてずに近づいてくる。

「なんの用だ?」アレクシーズは声を荒らげて尋ねた。弟のからかうような声を聞いたとたん、アレクシーズの全身に緊張がみなぎり、筋肉がこわばった。

「不法侵入だなんて言わないだろう?」ヤニスは余裕たっぷりに返した。「兄貴が一人きりで寂しいんじゃないかと思ってね」薄暗がりの中で彼の目がぎらつく。「あの売春婦をお払い箱にしたのは残念だ。僕は彼女が兄貴から離れるのを楽しみにしていたのに。いつもなら兄貴のお下がりには食指が動かないが、今回は例外だ。彼女はとびきりだった。頭は鈍そうだが、そのぶん味はいいんだろうな」

アレクシーズの張りつめた筋肉がはじけた。拳《こぶし》がヤニスの顎をとらえた。弟は後ろによろめいて手すりにぶつかった。

「彼女がなんだって?」アレクシーズは問いただした。

「おやおや」ヤニスは痛む顎をさすりながら体勢を立て直し、ゆっくりと言った。「女を紙くずみたいに扱うアレクシーズ・ニコライデスが、売春婦の名誉を守るなんて前代未聞だ。いったいどういう風の吹きまわしだ?」

アレクシーズは怒りに顔をゆがめ、手を伸ばして弟の肩をぐいとつかんだ。「その口を閉じろ、ヤニス。よくも汚いまねをしてくれたな! 彼女にひどい話を吹きこんで傷つけるとは」

「ひどい話だって？」ヤニスは兄を鋭いまなざしで見すえた。「真実を告げたまでさ！魔女の見合い攻勢をつぶすために彼女を連れてきたくせに」

「だからといって、彼女がそれを知る必要はなかった」アレクシーズはうなるように言い返した。これまでに蓄積された極度の疲労と緊張が彼の怒りをあおっていた。ヤニスをもう一度なぐりたい。下品な言葉でキャリーを侮辱する弟を、足腰が立たなくなるまでたたきのめしたかった。

ヤニスは耳障りな笑い声をあげた。「いや、彼女は自分の役割を知るべきだった。そうすれば、仕事を終えたら後腐れなく別れられる。すでにベッドでは思う存分楽しんだことだろうし……」

アレクシーズは再び弟になぐりかかった。しかしヤニスはすばやく手を上げ、兄の拳を遮った。つかの間、互いに顔をこわばらせてにらみ合う。やがてアレクシーズは唐突に拳を下ろし、身を引いた。

「これ以上、ひとことでも彼女を侮辱したら、おまえを殺してやる」アレクシーズは射抜くような目で弟をにらみつけ、荒い息を吐いた。「キャリーは妊娠していたんだ。彼女自身も僕も気づいていなかった。彼女はおまえの忌まわしい話を聞いた直後、出血して倒れた。その二日後に流産した」

浜辺に打ち寄せる波の音と木立で鳴く蝉の声だけがあたりに響く。

やがてヤニスが口を開いた。「ひどいことをしてしまった」彼はいままでとは異なる口調でそれだけ言った。

「キャリーは自分の意思で帰国した」アレクシーズは告げた。「あんな出来事があったあとで、僕と一緒にいることに耐えられなくなったんだ」彼はそこで口をつぐんだ。それ以上話す気にはなれなかった。

彼は振り返って海を眺めた。この苦痛に満ちた数日間、何度そうしたことだろう。そうやって現実から顔をそむけ、目をそらしてきたのだ。

「なんと言えばいいか」いつものヤニスらしくない口調だった。軽薄なところがない。「大変だったね、とか、飲む相手が欲しいなら僕が相手になろうか、とか？　それとも……」口調がまた変わり、声が低くなる。「最悪の事態を避けられたのは不幸中の幸いだった、とでも？」

アレクシーズは弟を見つめ返した。現在と過去が再び溶け合う。毒を含んだ過去が現在に流れこみ、渦を巻いている。

「おまえの母親はキャリーより運が悪いと？」

「そうさ」ヤニスの口ぶりはいつもの投げやりな調子に戻っていた。「もし母が流産していたら、その日のうちに追いだされ、まっとうな人生を送る機会に恵まれたかもしれない。だがそうはならず、母は偉大なる僕らの父親と結婚する羽目に陥った。彼にとっては手軽な情事の相手でしかなかったのに。彼女はアリスティディス・ニコライデスの二番目の妻になった」

「いや」アレクシーズは乾いた声で応じた。「そういう意味で歴史が繰り返すことはなかっただろう。キャリーには僕と結婚する気はなかったし、子供が生まれたら養子に出すつもりだと言っていた」

ヤニスは低く口笛を吹いた。「なぜ、そんなことを?」

「おまえのせいさ」アレクシーズは憎々しげに答えた。「彼女にあれこれ吹きこんだからだ」

ヤニスは肩をすくめた。「僕はありのままを話して彼女の目を開かせただけさ。彼女には感謝してほしいくらいだ!」

「残念ながら」アレクシーズは歯ぎしりした。「彼女はおまえを憎みこそすれ、感謝などしなかった。僕も同じだ」

ヤニスは顎をさすって考えを巡らした。「そうか、なるほど。じゃあ、こんなのはどうかな。去年、ミラノで兄貴がつき合っていたセクシーな歌姫、あれはひどい癇癪《かんしゃく》持ちで詮索《せんさく》好きだった。それに、ロンドンではべらせていた、そそられる唇ときれいな黒髪のあの女、彼女のうぬぼれの強さといったら……」彼はそこで言葉を切った。

「それがどうした?」アレクシーズはいらだたしげに問いただした。なんだってヤニスは、アドリアーナやマリッサのことを持ちだしたんだ？

「いいのかい？」

「何がだ？」アレクシーズは眉をひそめた。

「僕をなぐらないんだね」

「なぐる？　なぜだ？」

「彼女たちのどこが違うんだ？　兄貴がこの島に連れてきた、あのブロンドの色っぽい売春婦と？」

アレクシーズはヤニスの顎をなぐりつけた。「まだわからないのか」歯をむきだし、指を突きつける。「キャリーのことを二度と口汚く言うな！」

ヤニスは大げさに後ろによろめき、ゆっくりと顎をさすった。「ほら、やっぱり」にやりとして口を開く。「兄貴は僕がほかの二人を侮辱してもなんの反応も示さなかった。なのに、キャリーのことになると血相を変えて僕をなぐりつける」

ヤニスは二度までも痛めつけられた顎をさすりながら、もう一歩後ずさった。

「これ以上やられないうちに退散するよ！　けれど、兄さん、いまの僕の話をよく考えてみてくれ。結論が出たら……」弟はきびすを返しながら言葉を継いだ。「すぐさま行動に移すことだ。僕たちはろくでもない家族かもしれないが、その関係をいつまでも続ける必要はない。それだけは覚えておいてくれ」

またたく間にヤニスの姿は闇にまぎれた。

一人残されたアレクシーズは、拳を力いっぱい握り締めて立ちつくしていた。心臓が早鐘を打っている。胸の内を一つの思いが駆け巡り、彼をしきりに責めたてていた。

アレクシーズは自らを恥じる気持ちでいっぱいだった。

11

キャリーはかすかに身じろぎをした。ひどく重苦しい眠りから目が覚め、ほっと息をつく。

このところ毎朝、彼女は決まって表の喧噪《けんそう》で目を覚ました。渋滞だらけのパディントンの街路をがたがた走っていくバスの音だ。いまのキャリーはその音になじめなかった。一人で寝起きし、食事をとることにも。

アパートメントは狭苦しく、壁紙は汚れて隅がはがれかけ、絨毯《じゅうたん》はすり切れている。私は贅沢《ぜいたく》の味にすっかり慣れてしまった。そう思うとキャリーは恥ずかしかった。

もっとも、彼女はすでにたっぷり自分を恥じていた。あの朝、彼女の心の傷口から恥辱が一気に噴きだしたのだ。山荘のベッドで横になり、彼女の中で育ちつつあるかよわい命を見守っているあいだもずっと、恥辱は少しずつ傷口からしみだしていた。

それとも、あのかよわい命は、義理で結婚しようとした男性から母親を解放するため、自ら犠牲になったのだろうか？

キャリーは確かに自由にはなったものの、それと引き替えにすさまじい罪の意識にさいなまれた。罪悪感で心はずたずたになっていた。

ところが、そんな罪悪感や恥辱とともに、甘い思い出までがよみがえり、いっそうキャリーを悩ませた。数えきれないほどの思い出が亡霊のように現れ、彼女の心を苦しめるのだ。

アレクシーズが私を見つめている。ひと目で私を骨抜きにしてしまうあのまなざし。激しい愛の営みのあと、彼は震えている私を胸に抱き寄せ、髪を優しく撫《な》でた。そして、私は眠りに落ちたアレクシーズを腕に抱き、非の打ちどころのない容姿に見とれていた……。

日ごと夜ごと、そんな情景が次から次へと浮かんだ。しかし、キャリーにとって何よりつらいのは、夢の中にアレクシーズが現れることだった。ロンドンに戻ってから三晩、そんな夢が続いた。彼女に屈辱を味わわせ、罪悪感という縄で彼女の首を絞める夢だった。

とはいえ、もし彼との思い出を夢に見なくなったら、心にはぽっかり穴が開くとキャリーにはわかっていた。彼女の中にある、ぞっとするような虚無の深淵《しんえん》。キャリーは絶望感にとらわれ、運命も、自然も、ありとあらゆるものをののしりたくなった。

〝残念ですが、これも天のおぼし召しかもしれません〟

哀れむような医師の声が繰り返し聞こえてくる。そう、これは天罰なのだ。あんな形で身ごもった私に、母親となる資格はない。だから子供を奪われたのだ。

いまはもう現実を受け入れるしかないとキャリーは悟っていた。ほかに道はないのだから。子供は失われ、アレクシーズもいない。子供のことは死ぬまで嘆き悲しむだろう。しかし、アレクシーズのもとを去ったことは喜ぶべきだ。なのに、キャリーが感じているのは喜びではなかった。

彼女は感情を締めだした。どんなに悲しくても、生活を立て直し、人生を続けなくてはならない。毎日をやり過ごせば、過去はしだいに遠のいていく。

幸いキャリーには住む場所がある。浮き立つ思いでアレクシーズとロンドンを発《た》つ前に一度、アメリカ滞在中にも一度、家賃は払ってあった。とはいえ、家賃の次の期限は遠からずやってくる。最低でもそのぶんを稼がなければならなかった。

レフカーリからの帰国便のチケットには小切手が同封されていたが、彼女は現金化しなかった。そのことに悔いはない。小切手には〝何かの足しにしてくれ〟との添え書きがあった。その小切手をキャリーは引き裂いた。

かなりの期間、キャリーはアレクシーズのベッドの相手を務め、彼の庇護《ひご》を受けてきた。これからはまた堅実に自分で働いて稼ぐのだ。仕事が退屈でつまらなくても耐えるしかない。夏の終わりまで乗りきれば、その先に未来が待っている。

ロンドンに戻った翌々日、キャリーは職業紹介所を訪ねた。その結果、昼間は臨時の受付係、夜はまたウエイトレスとして働き始めた。仕事は不愉快で、わびしく、夏のロンドンは彼女をあざ笑うようだった。大都会は人込みや騒音、大気汚染、そして交通渋滞や絶え間ないラッシュの中に彼女を閉じこめた。

まばゆい日差しに照り映える白いテラスと紺碧《こんぺき》の海が恋しい……。たとえその光景や思い出を消し去ることに成功しても、今度は別の苦い思い出がよみがえる。海辺の家の寝室、それは売春婦の部屋。山荘のディナー、それは売春婦にとっての当然の報い。

するとまた別の思い出がよみがえり、ほかの記憶を押しのけた。もう長いこと頭の隅に閉じこめてきた、別の場所だ。ビクトリア朝様式の屋敷が立ち並ぶ、閑静な並木道。それぞれの屋敷には広大な庭園があり、その先には野原が広がって、くねくねと川が流れ、町まで続いている。懐かしく、いとしい風景。

さらに深い罪悪感に襲われ、キャリーは苦痛に全身を貫かれた。

だから、私はアレクシーズに身を任せたのだろうか？　何もかも、故郷を離れたあとの喪失感をぬぐい去るためにしたことなの？　もしそうだとしても、それは言い訳にはならない。

キャリーは口もとを引き締めた。こうしてロンドンに戻ってきたのだから、自分の人生を歩んでいかなければならない。過ちを受け入れて前に進むのだ。このわびしい日々が永遠に続くわけではない。夏の終わりまでには必ず新しい道が開けるだろう。

新しい人生はキャリーの予想よりもずっと早く訪れた。ある日、仕事に出ようとしてふと郵便受けをのぞくと、一通の封筒が入っていた。消印を確かめて彼女は目をみはった。読むのが怖くなり、ゆっくりと封を開く。こんな時期に、なぜ？　何か悪い知らせでも？

彼女は震える指で封を切った。

〝親愛なるキャリー、思いがけないうれしいニュースをお知らせします〟

そのあとはむさぼるように読んだ。彼女の目の前で文字がダンスを始めたようだった。手紙を読み終えたキャリーは自分の部屋に引き返し、職業紹介所に電話を入れた。今日で仕事を辞めると告げ、部屋をきれいに片づけて、最寄りの駅へ向かった。

懐かしい故郷に帰るのだ。

同じころ、アレクシーズは母親を追ってスイスにいた。曲がりくねったアルプスの山道を、車を駆ってのぼっていく。気は進まないものの、母親と真っ向から対決しなければならなかった。

母はどうして、あんな残酷なまねができたのだろう？　キャリーに大金と引き替えに中絶を迫るなど信じられない。確かに、母は息子を結婚させるという考えに取りつかれていた。それでも、その考えがキャリーの出産を阻止しようとするほど強いとは思いもしなかった。

車の馬力を生かして山道を飛ばすうち、高ぶった神経がいくぶん静まり、アレクシーズはこの旅の目的について考えを集中できた。母の罪を看過するわけにはいかない。その行為は指弾されるべきだ。

ハンドルを握る彼の手にいっそう力がこもった。キャリーは僕の母と異母弟に深く傷つけられた。憎み合う二人が、そろってキャリーに恨みをぶつけるとはなんとも皮肉な話だ。だが、そうした事態を招いたのは僕だ。僕が彼女を母親のディナーに連れていき、客たちのえじきにしなければ、ヤニスが彼女を売春婦呼ばわりすることもなかったのだ。

母に対しても僕に責任がある。キャリーとの結婚について、僕は〝なすべきことをします〟と告げた。母がその言葉を、人としての義務を果たすための選択と受け止めたのは当然だろう。それゆえに、母は息子を過酷な運命から守ろうとしたのだ。

何もかも自業自得、何もかも僕の責任だ。

そんな苦悩を抱えつつ、アレクシーズは山腹の松林の中に立つ豪華なホテルに到着した。谷間の眺めが壮観だった。彼はフロントで名前を告げ、母のいるスイートルームにうやうやしく案内された。

母親はバルコニーで読書をしていたが、息子の姿を認めるや本を閉じた。それから緊張感をみなぎらせ、探るようなまなざしを息子に向けた。

アレクシーズは挨拶《あいさつ》抜きに切りだした。「キャリーが子供を失いました」

母親の表情が変わった。その変化から心中を推し測ることはできなかったが、いまの彼にはどうでもよかった。

「お気の毒に。残念だったわね」

うれしいくせに、とアレクシーズは心の中でなじった。五百万ユーロが浮いたうえ、愛する息子が義務感から売春婦と結婚しなくてすむ。そう思えば、喜びもひとしおだろう。

「さぞかしお喜びでしょうね」アレクシーズは冷ややかに言い放った。

「喜ぶ?」母はいぶかしげにきき返した。

よくも知らん顔ができるものだ! 大事な息子が救われ、喜んでいるに決まっている。アレクシーズはやり場のない怒りに駆られた。「そうです! 五百万ユーロを払うまでもなく、あなたの望みがかなったのだから」

ベレニーチェ・ニコライデスの顔がショックにゆがんだ。

アレクシーズは母親に口を開く暇を与えずに続けた。「よくそんなまねができたものです」彼は声を荒らげた。「そんな残酷なまねが! 僕の子供を、あなたの孫を殺そうとするなんて。しかも、彼女が金持ちでもなく、家柄もよくないからという理由だけで。だから彼女に莫大《ばくだい》な金を払って子供を始末させようとたくらみ、僕と結婚するなと彼女を脅した! いつだってあなたは、僕を心から愛していると言うが、それが愛ですか、本当に?」

「やめて！　お願いだからやめてちょうだい……」ベレニーチェ・ニコライデスの口調は険しかったが、それは怒りのせいではなかった。「アレクシーズ……私の話をよくお聞きなさい！」

彼の目に激しい炎が宿った。「あんなまねをしておいて何が言えるんですか？　何もかも僕のためにしたことだとでも？」

母親の顔はこわばり、いまや怒りの形相に変わっていた。「そうよ」硬い口調で答える。「みんな、あなたを守るためにしたことよ」

アレクシーズの顔がゆがむ。「僕を守るため？」

「ええ、そうよ」ベレニーチェはわずかに身を乗りだした。「アレクシーズ、よく聞いて」彼女は射抜くようなまなざしを息子に向けた。「私はあなたの母親よ。あなたの幸せを守るためなら、なんだってするわ。あなたは人生の危機に直面していたのよ」

「そこから僕を救いだそうとしたと？」

母親はつかの間目を閉じ、重苦しいため息をもらした。「キャリーがどんな人間か、私は知る必要があった」目を開けて言う。「あなたの妻になろうとしている女性なのに、素性も経歴も知れないんですもの。だから、彼女のところに行き、ああ言ったのよ。試すためにね。彼女にあんな恐ろしい申し出をしたのもそのためよ。アレクシーズ……私は、彼女がお金を受け取るかどうか知りたかった」

沈黙のあと、母親は低い声で続けた。

「アレクシーズ、あなたは女性にとってすばらしい恋の相手、妊娠したとしても悔いのない相手よ。でも、もし流産の恐れがあれば、お金目当ての女性なら……別のものを要求したくなる。彼女がそんな女性かどうかどうしても確かめたかった。それで、あんなひどい申し出をしたのよ」

ベレニーチェの喉からまた苦しげな息がもれた。

「もし彼女が私の申し出を受け入れたら、子供が生まれたときにはあなたが子供を引き取れるよう、養育権を手に入れるつもりだった。けれど彼女は受け入れなかった。それで私にもよくわかったの……彼女は私の危惧《きぐ》していたような女性ではないと」

母親の言葉がとぎれ、あたりはさらに深い沈黙に包まれた。母親が再び口を開いたとき、その声はかすれていた。

「私は心から彼女に同情したわ」

「そんな……」アレクシーズは呆然《ぼうぜん》としてつぶやいた。頭の中で思考が渦を巻く。憶測も怒りも、何もかもが音をたててくずれ落ちていった。

「アレクシーズ、私があなたを資産家の女性と結婚させたがっているのはなぜだと思う?」母親は息子をじっと見つめた。「あなたをもっと裕福にさせるため?　あなたが父親と闘いやすくなるように?　確かに結果的にはそうなるかもしれない。ただし、それは本当の理由ではないわ。私が裕福な花嫁を望んでいるのは、あなたのためではなく、あなたの妻になる女性のためなのよ」

ベレニーチェはアレクシーズの顔に視線を注いだまま、少し間をおいてから続けた。

「自分の自由にできるお金があれば、妻の立場は強くなる。あなたと対等でいられるわ。ほかのあらゆる面でも、妻になる人にはあなたと対等でいてほしい。美しく、家柄もよく、私たちの世界に属する人であってほしい。あなたと心が通い合い、あなたに引けを取らないキャリアの持ち主であってほしい。あなたよりわずかでも劣るところがあると、妻は苦労を背負う羽目に陥ると思うの。あなたの父親の妻や愛人たち……私自身も含めて、そういう女性たちと同じ思いを、あなたの妻になる女性にさせたくない。私たちは彼と対等ではなかった。だから彼は私たちをさげすみ、食い物にして、飽きたらあっさり捨てるようなまねができたのよ」

「僕は父さんとは違う！」

「あなたは父親がもたらした特権を大いに享受しているわ」母は言い返した。「彼と同じくそれを濫用するのもあなたの自由よ。あなたは裕福でハンサムだし、ビジネスに関してもずば抜けた才能がある。女性は欲しいだけ手に入り、飽きたら別れる。あなたが選ぶのはそういうつき合いに慣れた女性ばかりだし、彼女たちもあなたとつき合う特典を楽しんでいる。けれど、もし相手がそんなタイプの女性でなかったら、どうなると思う？」

ベレニーチェは探るように息子の目を見た。

「だからキャリーがあの申し出を蹴《け》ったとき、私は彼女に同情したの。彼女はあなたと結婚しなくてはならないんですもの。なるほど、あなたには父親と違って残酷なところはないわ。それでも、キャリーは幸福にはなれないでしょう。自分と結婚したくなかった男性と愛のない人生を送る以上、死ぬまで不幸だわ。彼女があなたを引きつけるものは美貌《びぼう》や性的な魅力しかない。年をとればいずれ飽きられるのは明らかよ」

しばらくのあいだ、二人とも黙りこんだ。やがてアレクシーズが口を開いた。

「それは違う」

そのひとことを聞いたとき、母親の表情がわずかながら変化した。

「違うんです」アレクシーズは母のほうを見て繰り返した。「完全に母さんの思い違いだ、何もかも」

「違う？　何が違うというの」ベレニーチェは低い声できき返した。彼女の目は力強く見開かれていた。

「ええ、これまで以上に……間違っている」

「だったら、今度の私の思い違いをどうしようというわけ？」

アレクシーズは身を乗りだし、母の手を取った。母親に手をきつく握られると、彼も握り返した。

「しなければいけないことをします」

「どういう意味？　彼女への責任は運命が取り除いてくれたわ。いまとなっては、あなたに釣り合わない女性を妻に迎える義務はなくなったのよ」

「いいえ、僕は彼女と結婚しなくてはいけないんです。さもないと、僕の人生は……」アレクシーズは真剣なまなざしを母に注いだ。「なんの意味も持たなくなってしまう」

ややあって、ベレニーチェはゆっくりと視線を上げ、息子を見返した。その目に涙があふれる。

「では、そうしなさい」彼女は息子の手をもう一度力強く握り締めてから放した。「キャリーを追うのよ。彼女を見つけたら……」涙がダイヤモンドのようにきらめく。「彼女に神の恵みがあらんことを祈るわ。そして、私は永遠の感謝を神にささげます」

母と息子の視線が交錯する。

「お行きなさい、早く」

アレクシーズは身をかがめて母の頬にキスをし、立ち去った。

彼は猛スピードで車を駆って山を下りた。アルプスの澄みきった大気に触れ、思考の焦点が定まっていく。まばゆいほどの明瞭《めいりょう》さで、何もかもが隅々まで見て取れた。

いまや、アレクシーズのとるべき道は一つしかなかった。

彼は深い驚きにとらわれていた。僕はどうしていままで気づかなかったのだろう？　どうしてこんなにも長いあいだ、見て見ぬふりをし続けてきたんだ？

おかげで、ふしだらで道楽者の弟にまで笑われた。母親にも、これまで考えたこともなかった事実を突きつけられた。

アレクシーズの背筋を震えが走った。

何が自分の身に起こっているのか、僕は気づかずにいたのかもしれない。自分を見失い、キャリーと過ごす享楽的な日々にはまりこんでいたのかもしれない。大事なことが自分の身に起こりかけていたのに、正面から向き合おうとしなかったのだ。

あの日、ロンドンにいた僕はキャリーが歩いている姿を見て衝動的に車を止めさせ、その夜の相手として誘った。そんなまねをしたのは初めてだった。何が僕にそうさせたのか？　画廊でちらりと目にしただけの女性なのに。

キャリーの何かが僕を引き寄せたのだ。

まだある。

僕はキャリーを出張に同行させた。それもまたいままでにないことだった。以前の愛人たちを同伴したいと思ったことはない。ところが、キャリーにはそばにいてほしかった。いったい彼女の何が、僕をそんな気にさせたのだろう？

キャリーは、それまでつき合った女性たちとはまったく違っていた。その新鮮さが魅力だと思っていたが、彼女はいまだに色あせていない。彼女の魅力は最初の晩と少しも変わらない。むしろ会うたびに新鮮に思える。

彼女は特別なのだ。

それに、僕がキャリーに求めているのは体の関係だけではない。

感情がわきだしてアレクシーズの全身を駆け巡り、ハンドルを握る手に力がこもった。

ただ、彼女と一緒にいたい。彼女は僕の知らなかった安らぎ、心の平穏、体のぬくもりを与えてくれる。そばにいるだけで、それがかなえられる。

僕らはうまくいっていた。

それで充分だ。ほかのことはどうでもいい。ただ、キャリーにそばにいてほしい。

これからの人生を、ずっと二人で歩んでいきたい。もし、彼女が受け入れてくれるなら……。

12

仕事場に向かうキャリーは、公園を抜ける近道を歩いていた。帰ってきて本当によかった。生まれ育った故郷のなじみ深い町並みが、以前と少しも変わらぬ親しさで私を包んでくれる。

打ちひしがれてロンドン行きの列車に乗ったのがついきのうのことのようで、この町を離れたことも夢だったのかと思うほどだ。

もちろん夢ではない。キャリーは確かにロンドンに行き、彼女の人生をすっかり変えてしまう出来事に遭遇した。アレクシーズ・ニコライデスと出会い、彼の子供を身ごもり、そして失ったのだ。

故郷に戻り、旧知の人たちに歓迎され、洋々たる前途に胸を躍らせているにもかかわらず、キャリーは相変わらずアレクシーズとの記憶にとらわれ、過ぎ去った日々の夢を見ては胸を痛めていた。

いつか過去から解放される日が訪れるのだろうか？　いまに夢を見なくなり、思い出も色あせて、彼のすべてが消えてなくなるだろうか？　私の中にいたあのはかない命のように。

ときおり、ほんの一瞬ながら、アレクシーズが目の前にいるような錯覚に襲われることもあった。すっかり見慣れてしまった、あのたくましい長身がそこにたたずみ、キャリーを見つめている。長いまつげに覆われた黒い瞳に見つめられ、彼女の体から力が抜け、骨までとろけそうになる。すると、痛いほど彼が欲しくなり……。

そして嫌悪がわいてくる。

そう、嫌悪こそキャリーがいだかなくてはいけない感情だった。欲望などもってのほかだ。

とはいえ、何も感じないほうがなおよかった。思いがけず訪れた新たな現実に没頭するほうがはるかにいい。たとえそれが亡くなった父の思い出につながるものであっても。

住み慣れた古い家は、もうずいぶん前から売りに出している。父親のいない家で暮らすのは悲しすぎるから、手放すのがいちばんだ。いまのアパートメントは殺風景ながら居心地はいいし、職場にも近かった。

父親のいないマーチェスターは確かにたまらなく寂しいし、ときおり父の死をいまだに受け入れていない自分が顔を出す。それでも、父親の遺志を娘が受け継いだのだと思えば慰められた。それこそ彼女が切実に求めていた道なのだから、このまま突き進むしかない。

ただの幻、はかない蜃気楼《しんきろう》にすぎなかった出来事など振り返らず、目を見開いて前に進むのだ。

キャリーの未来は可能性に満ちていた。以前から生きがいにしようと思っていた仕事を、予想よりずっと早く始められたからだ。

キャリーは時計塔で時刻を確かめ、公園の端の舗装された広場を足早に横切っていった。足に履いているのはスニーカーだ。高価で柔らかな革のパンプスとはずいぶん違う。飾り気のないコットンのワンピースも、つい最近まで身につけていたブランドもののドレスとはほど遠い。肩にかけているのも、必要なものを全部つめこめる機能性第一の地味なバッグだ。髪は後ろに束ね、三つ編みにしている。むきだしの小麦色の肩に波打つ豊かな髪を垂らした姿など、もはや想像もつかない。いまのキャリーに必要なのは実用本位の靴や衣類、バッグなのだ。シンプルな髪型も仕事の邪魔にならないようにするためのもので、顔の手入れは石鹸《せっけん》で洗って化粧水を軽くつけるだけ。それ以上は必要ない。

外見を気にしてどうするの？　ロンドンに出るまでは身なりや化粧に気を遣うこともなかったし、じっくり考えたこともなかった。周囲の人々も外見にはほとんど興味を示さない。ロンドンでは、容姿のせいでいろいろと不愉快な目に遭ったけれど。

彼の目に留まったのも……。

だめ！　キャリーは自分を戒めた。また思い出してしまった。アレクシーズの記憶を頭の中に呼び覚ましてしまった。私をさらい、屈辱を味わわせ、あげくの果てに高い代償を払わせた、あの男性のことを思い出してはいけない。

ビクトリア朝様式の錬鉄製の門を通って公園を出ると、彼女は歩道で立ち止まり、車の流れがとぎれるのを待った。行き交う車の向こうに立つ、堂々たる建物の正面にある広い石段に目をやる。それは見慣れた眺めで、彼女の父親もよくそこを歩いていた。いつも眉間《み》《けん》にしわを寄せ、何かに没頭するような表情で石段を下りてきたものだ。悲しみが彼女の胸を揺さぶった。その光景もいまや思い出の中でしか見られない。

帰郷は本当に正しい選択だったのかしら？　もちろん、父が生きていたらきっと喜んだだろうし、キャリー自身も望んでいた道だ。周囲の人々もみなよくしてくれる。それでも、故郷に戻って自分の人生の手綱をもう一度取り直すのは、思った以上に大変だった。

思考があらぬ方向へと向かい、現状とはまったく別の鮮やかな光景がキャリーの脳裏によみがえった。魅力や刺激でいっぱいの新しい体験の数々。加えて、体を支配する欲望も……。

いけない！　キャリーは横道にそれた思考を慌てて追い払った。アレクシーズ・ニコライデスとベッドをともにした記憶はあまりに強烈だけれど、それは彼がたまたま経験豊富で、その方面に長《た》けていたからにすぎない。ベッドでの扱いがどんなに巧みでも、それはあの一連の出来事のごく一部でしかないのだ。どれだけ彼にうっとりさせられたにせよ、アレクシーズが私にした仕打ちを忘れてはいけない。彼がどんなに強く抱きしめ、どんなふうにキスをしたかも。

彼の行為には情熱があった。いえ、情熱以上の優しさや思いやりがあった。彼の腕に包まれ、安らかな気持ちで横たわったことも忘れない。本当に満ち足りたひととき……至福の時だった。

でも、過去の話よ。肝心なのは忘れ去ること！　もちろん、忘れなくてはいけない。

仮に結末があれほど悲惨でなかったとしても、いずれはこうなったのだ。彼はいつか私に飽き、追い払ったはず。必ずいつかは終わりが来て……。

キャリーの瞳が陰った。そう、終わったのだ。間違いなく、完全に、きっぱりと。私が真実に気づいた時点で二人の関係は破綻《はたん》していたし、流産によって悲劇がクライマックスを迎え、破局を決定づけたのだ。

知らず知らず、キャリーは探るような手つきでおなかを撫《な》でていた。ふとそれに気づき、顔を曇らせて手を下ろす。ある言葉が頭の中に浮かびあがった。

もし、あんなことがなかったら？

だめ！　だめと言ったらだめ！　何度言い聞かせたらわかるの。そんなことを考えてはいけない。理性的に考えれば、過去を永遠に封印しなくてはならないのは明らかだ。もう記憶の扉をノックしてはならないのだ。

車の流れがとぎれ、キャリーは道路に踏みだした。迷いが晴れ、未来に向かってきびきびと歩き始める。彼女が唯一望んだ未来に向かって。

アレクシーズは高速道路上で車をさらに加速させた。彼の神経は極限まで張りつめていた。このところ毎日がそんな状態だった。スイスの山を猛スピードで駆け下りたのはどれくらい前だっただろう？　彼が目指しているのはただ一つ、失ったものを取り戻すことだった。一度は手放してしまったものを、今度はこの手にしっかりつかむのだ。

キャリーをこの手に取り戻す。

それだけが彼の願いであり、ただ一つの目的だった。きわめて単純なことだ。

もっとも、単純ではないことが一つあった。懸命に捜しているのに、いまだにキャリーの所在がわからないのだ。

キャリーはどこへ消えてしまったんだ？

こうまで手こずるとは思いもよらなかった。アレクシーズはチューリッヒ空港からロンドンのオフィスに連絡をとり、キャリーの家の住所を調べるよう秘書に指示した。パディントンに住んでいると聞いてはいたものの、詳しい住所は知らなかった。

出会った翌日、アレクシーズの運転手がキャリーを自宅まで送っていったことがあった。ニューヨークに飛び立つ前、彼女はナイツブリッジで買い物をしてから、旅に必要な日用品を取りに自宅に立ち寄り、そのあとヒースロー空港で彼と落ち合ったのだ。だから、そのときの運転手ならキャリーの自宅の場所を覚えているはずだった。

ロンドンに着いてオフィスに電話を入れると、その運転手は現在休暇中で連絡がつかないということだった。アレクシーズはいらだち、次は画廊での仕事をキャリーに斡旋《あっせん》した職業紹介所を捜させた。だが、キャリーはもはやその紹介所に登録しておらず、連絡先を尋ねても、個人情報の守秘義務を盾に拒まれた。苦労のすえにようやくキャリーの住む賃貸住宅を見つけたものの、もはや彼女はそこに住んでいなかった。隣人に尋ねたところ、キャリーはロンドンを引きあげてどこかへ引っ越していったという。

アレクシーズの落胆は激しく、それから二週間ほどは焦燥の日々を過ごした。おまけに役員会議があり、出席を拒絶した父親に代わってギリシアまで飛ぶ羽目になった。そのあいだ、キャリー捜しは中断せざるをえなかった。これまで彼は、仕事のために費やす時間を無駄と感じたことは一度もない。ところがいまは、仕事などしている場合ではないと思った。頭にはただ一つの願いしか浮かばない。キャリーが見つかりますように。それだけだった。

キャリーはいったいどこに消えたんだ？　その疑問がアレクシーズの神経をいらだたせた。

スタッフ数人にキャリーの捜索を命じたものの、これまでのところなんの成果もない。

彼らが言うには、キャリーと同姓の女性は星の数ほどいるし、地域も特定できないので捜索は長引く見こみだという。いまいましいことに、アレクシーズは彼女の年齢さえ知らなかった。

彼女は偽名を使っていたのではありませんか？　アレクシーズは遠慮がちに何度もきかれた。知るわけがなかった。彼女の出身地は？　育った場所は？　出身校は？　何か知っていることは？　友達でも、親類でも、以前の雇主でも、彼女の知人をご存じではありませんか？　答えは全部ノーだった。知っているのは、彼女がロンドンでウエイトレスとして働いていたことと、仕事も職場も一時的なものにすぎないということくらいだった。

なんの手がかりもない一人の人間を広い世間の中から捜しだすのは、きわめて困難だった。キャリーはどこにでもいる可能性がある。ひょっとしたら、イギリスにはいないのかもしれない。そう思うとアレクシーズは不安のあまり凍りついた。

そんな折、天啓ともいうべきひらめきが彼のもとに降りた。キャリーの居場所についての手がかりになりそうな記憶がよみがえったのだ。出会った最初の晩、アレクシーズは彼女をくつろがせようとしてたわいもないおしゃべりをした。彼はあることを尋ねた。あのときはほかのことに気を取られていたので、彼女の返事にさほど注意を払わなかった。

しかしいま、なんとなく思い出されてきた。あのとき彼が、ロンドン暮らしは楽しいかといった問いを投げかけると、意外にも彼女はきっぱりと否定した。彼女のような美しい娘にしては不思議だと思い、続けて出身地を尋ねたのではなかったか。そうだ、確かに尋ねた。彼女はなんと答えただろう？

あのときの声が遠くから聞こえてくる……。

〝イングランドの中部地方にあるの〟

そうだ、中部地方だ！　では、町の名は？　アレクシーズは必死に思い出そうとした。彼女は町の名前を口にしなかっただろうか？　だとしたら、なんだった？　頭文字は？　最初は……そうだ、Mで始まる名前だった！

彼は喜び勇んだ。よし、一歩前進だ。飛行機がアテネ空港に着陸するや、彼はロンドンに電話を入れ、イギリスにとんぼ返りした。

マーチェスター。キャリーが口にした町の名はマーチェスターだ。スタッフが挙げた名前はいくつかあったが、これ以上にぴんときた名はなかった。

キャリーは故郷の町に戻ったのでは？　彼女はロンドンが嫌いだと断言していた。だとしたら、ロンドンを離れて帰郷したということは充分に考えられる。

アレクシーズはもう一度記憶の糸をたぐり寄せた。そういえば、キャリーは最近父親を亡くしたと言っていた気がする。そうだとしても、ほかにも家族はいるかもしれない。あるいは友人とか。たとえ本人が故郷に戻っていなくても、彼らがキャリーの居場所を知っている可能性はある。

この数週間で初めて、アレクシーズの気分は明るくなった。マーチェスターの選挙人名簿や電話帳には膨大な数のリチャーズという姓が記載されていると知らされたときでさえ、気落ちしなかった。彼女か、彼女を知る人物を見つけだすまで、そのまま捜索を続行するようスタッフに指示した。そのうえで、アレクシーズはマーチェスター目指して自ら車を飛ばした。

捜索スタッフの報告を待ってなどいられない。一刻も早くキャリーを見つけたい。その思いが圧倒的な力でアレクシーズをせきたてていた。

キャリーのいない人生など、僕にはなんの意味もないのだ。

キャリーがアレクシーズとの人生に何を望もうと、彼は彼女の希望どおりにするつもりだった。もし彼女が人づきあいを好まないなら、社交の場に連れだすのはやめる。美術や文学などの話題が飛び交うパーティへの出席に気おくれするなら、行かなくてもかまわない。彼女がオペラ嫌いなら、僕も二度とオペラハウスへは足を運ぶまい。旅行が嫌いなら、僕も出かけない。簡単な話だ。彼女が住みたいという国に住もう。そして、彼女が望むような暮らしをする。僕には使いきれないほどの金があり、なんのこだわりもないのだから。キャリー以外には。

ニコライデス・グループの経営権にも未練はない。父親に復帰してもらってもいいし、外部の者を社長に据えてもいい。まったくなんの問題もない。問題はキャリーのことだけだ。

彼女が子供をたくさん欲しがったら、二人で力を合わせ、喜んで大勢の子供を育てよう。失った命を思うと胸を締めつけられるが。

そして、もしキャリーに卑屈な思いや不安な思いをさせる者がいたら、そして彼らが彼女に対してわずかでも軽蔑《けいべつ》や非難を投げつけたら、ただではおかない。

それほどに、アレクシーズの人生の中でキャリーはかけがえのない存在になっていた。

彼女は彼にとってこの世でもっとも大切な女性だった。

だから、絶対にキャリーを捜しださなければならない……なんとしても！　アレクシーズはやる思いに突き動かされ、アクセルをいっぱいに踏みこんだ。

マーチェスター到着までにスタッフから連絡が入り、リチャーズ姓の人物の住所五件がアレクシーズに伝えられた。どれも名前はキャリーではないが、親類縁者の可能性はある。スタッフはなおも捜索活動を続け、新たな情報を得られしだい逐一報告してくることになっていた。

町の中心部に向かうため車の流れに加わろうとしたとき、アレクシーズは自問した。キャリーの住所がはっきりするまでなぜ僕は待っていられないのだろう、と。この地に彼女が住んでいない可能性もあるのに。だが、耐えて待つのは性分ではなかった。彼はキャリーが帰郷していると確信していた。彼女はきっとこの町のどこかにいる。きっと。

まだ正午前だ。キャリーはおそらく勤めに出ているだろう。捜索スタッフは地元の職業紹介所を当たっていたが、いまのところ徒労に終わっていた。キャリー・リチャーズはどの職業紹介所にも登録していなかった。

ひょっとすると、彼女は紹介所を通さずに仕事を得たのかもしれない。地元の会社に知り合いがいれば、直接雇ってもらうというケースもありえる。アレクシーズはレストランやケータリングサービスの会社も調べさせた。同時に、学生以外の者を対象に継続教育を実施している大学も。彼女にマッサージ師の素質があると口にしたことを思い出したのだ。彼の勘では、キャリーは何かの訓練課程か資格取得のための講座で学んでいる気がした。ウエイトレスの仕事は一時的なもので、もっと何か手に職があるに違いない。たとえばマッサージ師、美容師、セラピスト……そういった種類の仕事が可能性としては高かった。

アレクシーズは町の中をひとまわりしてみた。しかし、あいにくそういう講座を設けている施設はなさそうだった。十九世紀に建てられたという市庁舎をはじめとするビクトリア朝様式の荘厳な公共施設を除けば、町の中心部にある建物はマーチェスター大学関連のものばかりだ。捜索スタッフが得た情報によれば、マーチェスター大学は十九世紀初めに創立された由緒ある大学で、キャリーの仕事に見合うような講座を開設しているとは思えない。

アレクシーズの車は大学の敷地へ向かう道路に進んだ。左手にはビクトリア朝様式の広い公園があり、道路沿いに錬鉄製の手すりが続いている。右手には時計塔と石段のある白い漆喰《しっくい》の建物が見える。前方には横断歩道があり、信号が赤に変わるところだった。彼は車の速度を落とし、何台かの車の後ろで信号が変わるのを待った。スポーツカーならではのエンジン音が周囲に力強くとどろき、歩道を歩いていた二人の男がぱっと顔を向けた。そして、マニア向けのカー雑誌の表紙をたびたび飾った高性能車に目を輝かせた。彼らの視線などおかまいなしに、アレクシーズはハンドルを指で小刻みにたたきつつ、ひたすら信号をにらんでいた。

とはいえ、横断歩道を渡る歩行者たちの姿も、彼は視界の隅にしっかりとらえていた。

その中にキャリーがいた。

キャリーの視線は道路とその先の広場に注がれていた。大きな広い石段の両わきは駐車場になっている。重いバッグを抱えあげて広場を歩き始めたとき、彼女はうなるようなエンジン音を聞いた。ダークブルーの車が彼女の横を通り、〝地質学学科長〟と明示された駐車スペースに乗り入れた。車体の低いスマートなスポーツカーは、気難しい地質学の教授がおよそ乗りそうにない車だ。キャリーはいぶかったが、すぐに疑念は頭から飛んでいった。

スポーツカーの中からアレクシーズ・ニコライデスが姿を現し、足早に近づいてくる。

キャリーはその場に凍りついた。しばらくは呼吸さえままならなかった。

アレクシーズ……。

彼女の目には彼の姿しか入らなかった。大股で近づいてくる彼を呆然《ぼうぜん》と見つめるばかりだ。

アレクシーズ……。

得体の知れない激しい感情がキャリーを襲った。それがどういう感情なのか、なぜこんなにも強烈なのか、彼女はすぐにはわからなかった。とにかく、圧倒的な感情だった。体じゅうを興奮物質《アドレナリン》がすさまじい速さで駆け巡っている。

こんな激情に襲われるなんて。キャリーは驚愕《きょうがく》した。アレクシーズの姿を見て私は動転している！　彼女は慌ててきびすを返し、方向も定めず逃げるように歩きだした。前方に大学付属の書店が見えた。そこに駆けこめば彼から逃れられるかもしれない。彼女は書店に入り、薄闇《うすやみ》に目をしばたたきながら店内を進んでいった。

「キャリー！」

背後から腕をつかまれてさっと振り返ったキャリーは、燃えるような瞳で相手を見つめた。アレクシーズが目の前に立ちはだかっている。

「やっと見つけた。君をずっと捜していたんだ！　捜すのにどれだけ苦労したか。君と話したい。話があるんだ！」

キャリーはショックを受け、うろたえた。彼に手を引かれて奥の人気のない場所まで行くと、書棚に囲まれた、読書用の細長い机があった。重いバッグが机の表面に当たって大きな音をたてる。二人はそこに向かい合って座った。

キャリーは驚きに目を大きく見開いていた。

アレクシーズ……確かに彼だ。いま、ここに、マーチェスターに彼がいる。でも、どうして？　なぜ彼がここにいるの？　なぜ私を捜していたの？

なんとか頭を働かせようと、キャリーは彼をじっと見た。ところが、頭のほうはいっこうに働いてくれない。感情の重みに耐えかね、脳が思考停止状態に陥ったかのようだ。その感情が何かは説明できないものの、とにかく暴風雨さながらのすさまじさで彼女に襲いかかっているのは間違いなかった。

「君に話がある」アレクシーズの声は低く、切迫していた。

キャリーは不意に口の中がからからに乾くのを感じた。「話すことなど何もないわ」やっとの思いで言葉を発する。大きな塊に喉をふさがれ、絞りだした声はひどくきしんでいた。「あなたと話すことなんか何ひとつないわ」

「いや、ある」アレクシーズは手を振って語気鋭く否定した。「僕たちにはまだ話し合うべきことが残っている！　そのために君を捜してここまで来た。君に伝えていないことがあるんだ、キャリー。いちばん大事なことを言い忘れてしまった。僕は君に非難の言葉を浴びせられ、ショックのあまり君を行かせ、君を手放してしまった。そんなことは断じてするべきではなかったのに。本当に後悔しているよ。君にきちんと言うべきだった。でも、あのときはまだ……わからなかったんだ」彼は少し間をおき、それから決然と言った。「戻ってきてほしい」

そのわずか数語の中には、まぎれもない真実の吐露があった。

キャリーは顔色を変えた。「あなたはどうかしているわ」

「そんなことはない。僕は正気だ。前よりずっと」

キャリーの目の中で何かが動いた。「どうかしていると言ったのは、あなたがそういう気になったことじゃない、私が戻ると思っていることに対してよ。私にまた愛人になれというの？　売春婦になれというの？」低く、激しい、苦々しい声だった。

「そうじゃない！」宙を切り裂くようにアレクシーズの手が再び振られた。「違うんだ……そもそも、僕は君をそんなふうに思ったことなど一度だってない！　君は信じないだろうが事実だ。キャリー、誓うよ。あの日、母のディナーで僕が君にした仕打ちは絶対に許されないことだ。だから、君に謝罪したい。僕は自分を深く恥じている。君をあんなふうに利用した自分を。僕は身勝手な目的のために君を見せ物にするようなまねをしたが、君は決して、一瞬たりとも……僕が意図したような色には染まらなかった！　どうかお願いだ、レフカーリ島での出来事だけで僕を判断しないでほしい！　アメリカやイタリアで過ごした日々を思い出してくれ……僕の仕事についてきてくれた、あのときのことを……本当に君は……君は……」

数えきれないほどの思い出が突然枯れてしまったかのように、アレクシーズは目を閉じた。やがて目を開け、キャリーをもう一度見つめる。彼女を二度と放すつもりはなかった。

「君は特別なんだ」アレクシーズは声を落として打ち明けた。「僕にとってかけがえのない存在なんだ、キャリー。君が去るまで、それに気づかなかった。これまでにつき合ったどの女性とも違う。いや、これからだって君のような女性は現れないだろう」

彼はキャリーを凝視しながら息を継いだ。彼女は身じろぎもしない。

「僕と結婚してほしい」アレクシーズは告げた。

長いあいだ、キャリーは彼をひたすら見つめていた。そして低く、こわばった声で話し始めた。「あなたからは前にも結婚の申し出があったわ。あなたは私と結婚するつもりだと言った。私があなたの子供を身ごもったからというだけの理由で、結婚しようとしたのよ。ほかに道がないから、しかたなく私を妻に迎えようとした。あなたはそんな運命を嘆いていたわ。そうしたら……」ぞっとするほど冷たい目で彼を見すえる。「運命があなたに味方して、あなたのお荷物を取り除いてくれた。子供も結婚も……都合よく取り除いてくれたわ！」

アレクシーズの顔から血の気が引いた。

「キャリー……それは違う。ほかのことはともかく、これだけは信じてほしい。僕は君が子供を失えばいいなんて思ったことはない。本当だ。それ以外の件ではどんな責めも受けよう。何より、君があんな恐ろしい苦難にさらされたのは僕の責任だ。君が子供を養子に出したがっていると知り、僕と二人で子供を育てる気にはなれないのだと悟って、僕は自分の罪の重さに気づいた。そして……」アレクシーズは苦しげな息を吐いた。「あの最後の日、君が僕に胸の内をすべてぶちまけて出ていった恐ろしい日、僕は子供だけでなく、君をも永遠に失ってしまったんだと気づいて……」

彼はいったん言葉を切ってから、重々しい口調でゆっくりと続けた。

「君が僕にとっていかに大切な存在か思い知らされた。僕にとって、この世でいちばん大事な人だと」アレクシーズのまなざしは彼女をしっかりとらえていた。「君にそばにいてほしい。これからもずっと」また息をつく。「僕の生活ぶりが気に入らないなら、変えてもいい。会社の経営から退いて父にあとを任せるよ。僕はただ君と一緒にいたいだけなのだから。住む場所も君に任せる。君が暮らしたいように暮らせるなら、僕はそれで本望だ。子供のことを考えて結婚しようと決めたとき、僕は君が社交界になじまないだろうと不安に思った。アレクシーズ・ニコライデス夫人として女主人の役割を求められる立場になったら、さぞかし窮屈だろうとね。だが、もうそんな心配もいらない。世間から離れ、二人きりで暮らしてもいいのだから」

キャリーはいぶかしげな表情でアレクシーズを見つめた。「愛人を囲うというわけ？　人目に触れないように私を隠しておくつもり？」

「そうじゃない！　キャリー、違うんだ、そんな意味で言ったんじゃない。君を幸せにしたい、それだけだ！　誰かに見下されたり、侮辱を受けたり、君がそんな思いをしないよう守っていきたい」

彼女の顔には相変わらずいぶかしげな表情が浮かんでいた。「私が人にばかにされるというの？」抑揚のない声でき返す。

「世の中には、すばらしい教養を持ちながら、不幸や破滅しかもたらさない連中がいる」アレクシーズは目に怒りの色をたたえて言った。「そんな教養は美徳ではない。キャリー、君には美徳がある。君はすべてを備えているんだ……大事なものをすべて。君には思いやりや優しさがある。君の夫になる男はとてつもなく幸運だ」

「本気で言っているの？」キャリーはかすれた声で尋ねた。

「ああ、嘘《うそ》偽りのない、本音だよ。そういうことが美徳であり、大事なんだ。ほかには何もない」

キャリーはアレクシーズから目をそらして視線を落とした。「でも、本当にそうかしら？　大事なのはそれだけ？」視線を彼に戻す。どこか困惑ぎみのまなざしだった。「アレクシーズ、私はほかの人とはちょっと違うのよ……あなたが知っている女性たちとは違うの。それに、生活スタイルもあなたとはかけ離れている。あなたはこれまでの生活を手放せると言ったけれど、そのうちきっと退屈してしまうわ。私たちはどんな会話をして過ごせばいいの？」

「僕らはこれまでどんな話をしてきた？　君と一緒にいて、僕が退屈しているように見えたかい？」アレクシーズは彼女の手を握った。「キャリー、僕らが分かち合ったものは特別だった……それがどんなに特別か、僕はわかっていなかった。わかっていたのは……君と二人でいると、それまで知らなかった安らぎを感じるということだけだ。君としか分かち合えない安らぎだ。君と一緒にいれば僕はあるべき自分になれる。それこそ僕の望むことなんだ」

彼はいったん言葉を切り、熱をこめてつけ加えた。

「少しばかり教養不足だからといって……何を恥じる必要がある！　それで君を責めたり、非難したりする資格なんか誰にもない！　何か言うやつがいたら僕がその口をふさいでやる。僕の妻になるのに愛情や優しさ以外は必要ない――」

「私が無教養な売春婦だから？」キャリーは思わず口をはさんだ。

アレクシーズはひどい悪態をついた。幸い、キャリーにそのギリシア語は理解できなかったが。

「君が自分のことをもう一度そんなふうに言ったら……」

「私はどうしようもない愚か者なのね。おつむが弱いのよ。かわいいけれど、おばかさん。あなたは私をそう思っているんでしょう? そのことで、あなたがどれだけ寛大になってくれても関係ないわ。とどのつまり、私にはあなたほどの教養がないとあなたは思っているんだもの。あなたからすれば、私は優しく、きれいで、気立てがよく、ベッドの相手としても申し分ない。そのうえ、これまでつき合ってきた女性たちとまったく違うのも新鮮に思える。だから、私と結婚したいわけでしょう。私たち二人のあいだにどれほど深い溝があっても」

しばらくアレクシーズは何も言わなかった。その間、キャリーの心臓は苦しいほどに打っていた。

「違う」アレクシーズは低い声で応じた。「僕が君と結婚したい理由ははっきりしている。それは君に恋をしたからだ」

しばし沈黙が垂れこめた。

「人は誰かに恋をしたら、ほかのことなど気にしなくなる。人を好きになったら、たとえ二人のあいだにいろいろな違いがあっても、そんなものは意味をなさなくなる。存在しなくなるんだ。キャリー、君だって……」アレクシーズのまなざしは強烈で、彼女をとらえて放さなかった。「同じだろう?」

キャリーの顔が青ざめた。

答えられない。

答えてはならなかった。

自分がアレクシーズにとってどんな存在だったのか、キャリーは必死に思い起こした。別れて以来、来る日も来る日も脳裏を駆け巡っていた、彼や自分自身への非難、そして憎悪と罪悪感。それらの理由をもう一度整理しようとした。そうしなくてはならなかった。それはとても重要なことだった。

なぜなら、たったいまアレクシーズが口にした問いかけに対抗するには、それ以外に手段がなさそうだから。

アレクシーズは彼女の非難をすべて受け止め、彼なりの答えを出した。本音をさらけだし、彼女の非難のどこが正しく、どこが不当なのかはっきりと示した。もう彼を責めることはできない。責める理由がない。

キャリーは彼に苦しげなまなざしを向けた。いまはただ、彼を見つめることしかできない。

「答えてくれ、キャリー。僕の言ったことが正しいか正しくないか、答えてくれ！」彼の低い声には執拗《しつよう》な響きがあった。「お願いだ」

「私はあの愚かな蝶々《ちょうちょう》夫人とは違う、と何度も自分に……言い聞かせてきたわ」言葉がもたつき、彼女は慌てたように続けた。「その根拠は、私を気立てのいい売春婦くらいにしか思っていない男性の子供を産まずにすんだからではないの」青ざめた顔で、自らを鞭《むち》打つように淡々と言葉を継ぐ。「決定的な違いは、私があなたを愛していないということだったのよ。私は無教養かもしれないけれど、そこまで救いがたい愚か者じゃないと自分に言い聞かせたわ。あのディナーであなたがしたことを知ったとき、そう考えなければやりきれなかったから。でも、いまの話を聞いて、もうあなたを憎む理由はなくなった。ただ、最後の点については……」

キャリーは彼の目をのぞきこんだ。

「あなたは本当にそう思っているの、アレクシーズ？」彼女は張りつめた声に激しい感情をこめて問いかけた。「愛は二人のあいだの溝を埋めてくれると本当に思うの？　見えなくしてくれると？」

アレクシーズは一瞬の迷いもなく即答した。「心からそう思っている」彼は手を伸ばしてキャリーの手をつかんだ。もう一度キャリーをこの腕に抱きたい。力のかぎり抱きしめたい。

そのとき、誰かが書棚のあいだを通って近づいてきた。女性店員が一人、店の奥に向かってくる。女性はたいてい、アレクシーズを見て賛嘆のまなざしを向けるのが常だ。このときも彼は同様の視線を感じた。だが、店員の視線はすぐキャリーに移った。

「まあ」店員は足を止め、朗らかに言った。「失礼しました。お見えになっているとは気づかなかったものですから。ご注文の本を受け取りにいらっしゃったんですか、ドクター・リチャーズ？」

13

とりあえず店員に答えたものの、キャリーは何を言ったのか自分でもよくわからず、店員がうなずいて書庫に入っていったことにも気づかなかった。いまもアレクシーズは彼女の手首を万力さながらの強さで握り締めている。

「いま、彼女は君をなんと呼んだんだ？」

キャリーはアレクシーズの顔を見あげた。彼はあっけにとられた顔でまじまじと見下ろしている。

「〝ドクター・リチャーズ〟よ」その声にはなんの感情も表れていなかった。「去年……父が亡くなった年に……博士号を取得したわ。父はこの大学の上級研究員だった。私は父が生前勤めていた学科で、ついこのあいだ研究員の職に就いたの」

アレクシーズは呆然《ぼうぜん》と彼女を見つめた。その目が机の上に置かれた彼女の大きなバッグに吸い寄せられる。バッグの中身が少しはみだしていた。彼の手がキャリーの手首から離れ、はみだした中身のいちばん上にあった本に伸びた。

「アミノ酸酵素阻害物質とヒトの腫瘍《しゆよう》形成」アレクシーズが本の題名を読みあげた。

「生化学の本よ」彼女は事もなげに説明した。「私の研究テーマは〝発癌《はつがん》遺伝子の変化と成長〟なの。発癌遺伝子の発生過程を調べ、通常の遺伝子がどのようにして変化を遂げ、癌を引き起こすのか、そしてどうすればそれらを治癒する方向に再変化させられるかを追究しているの。もともとは父の研究テーマで、父の生前に研究は最終段階まで進んでいたわ」

不意にキャリーは目をそらした。この研究に父がどれほどの情熱を注ぎ、成果を出すまでは死ねないと考えていたか。それを思うといまだに胸が痛んだ。

〝発見の数だけ治療が可能になる〟

自らが研究していた病に冒された父は、腫瘍による苦痛もかえりみず、そう言って研究を続けた。

「だったら、なぜロンドンでウエイトレスなんかやっていたんだ？ 何かのお遊びか？」

とげを含んだアレクシーズの声に、キャリーの前から亡き父親の姿は消え去った。

「違うわ」落ち着いた口調で答える。「父は宣告された余命より一年半長く生きたのよ。保険のきかない延命薬をのんでね。おそろしく高価な薬で、その支払いのために家を抵当に入れなくてはいけなかった。私は喜んで同意したわ。父と少しでも長く過ごせるというだけでなく、父にとって研究がすべてだったからよ。残された時間を研究にささげるため、父は少しでも長く生きようとした。死の直前、父はその研究データを私にそっくり残してくれたわ。その後、父の本を出版するために私はマーチェスターを離れなくてはいけなかった。父の共同研究者だった学者がロンドン大学にいるので、ロンドンに出て彼と一緒に原稿の執筆をしていたの。昼間はその執筆に時間を充てたけれど、生活費を稼ぐ必要があって、夜はパートタイマーの仕事をこなした。あのとき……あなたに会ったときは、ようやく原稿を仕上げて出版社に送った直後で、ロンドンでの仕事にひと区切りついたところだったの。ただ、大学の研究員の職に就くのは秋の新年度まで待たなくてはならなかったから、それまではロンドンで働くつもりだったのよ」

キャリーは大きく息をついた。

「ところが、レフカーリからロンドンに戻って少したったころ、思いがけない知らせが来たの。私の指導教官からの手紙で、ある特別な基金が設立され、秋まで待たなくてもすぐに職に就ける、と。それで、この町に戻ってきたの」

アレクシーズは一瞬の間をおいてから口を開いた。「君は僕をからかっていたのか、キャリー？」その声は相変わらずとげとげしかった。「違う人間になりすまし、内心で僕を笑っていたのか？」

「いいえ」キャリーは顔をこわばらせた。「そんなつもりはこれっぽっちもなかったわ。物心ついて以来、私は象牙《ぞうげ》の塔の中で過ごしてきた。母は生理学者で、父は生化学者。私が知っているのはそういう世界だけ。それ以外の世界にはまったく疎いの。歴史は苦手だし、芸術や文学方面については無知に等しい。オペラなんかまるっきり無縁よ。経済や政治に関しても同じ。だから、社交の場で気のきいた会話なんてできるわけないわ。持っているのは生化学の知識だけなんですもの。仮に、パーティで私が生化学の話を始めたら、みんな退屈して逃げだすでしょうね。専門分野に関係のない場では、私は口をつぐんで目立たないようにしたほうがいい。社会に出て学んだことよ。それから、もう一つ学んだことがあるわ」そこで唐突に言葉を切る。

「教えてくれ」アレクシーズが促す。

キャリーの目がきらりと光った。「ブロンド美人に惹《ひ》かれる男は、相手が博士号の持ち主だと知ったとたんに幻滅するということよ」

「だから、愚鈍なふりをしたというのかい？」

「しかたないでしょう。生化学者の卵だと触れまわればいいとでも？　あるいは、会話の中でそれとなくほのめかすの？　仕事は何かときかれたら、〝私、実は医療業界のほうで、ある画期的なサービスを提供しているんです〟とか？　そんなのお断りよ」

アレクシーズの口もとがこわばった。「僕には教えてくれてもよかっただろうに」

「どうして？」キャリーは軽く肩をすくめた。「そんなことが重要だとは思えなかったわ。だって、まさかあなたに売春婦だと思われているなんて知りもしなかったもの。知らないうちはわざわざ否定するはずもないでしょう」

「身分を明かしたら僕に嫌われる。君はそう思ったのか？」

彼女はほんの一瞬ためらってから答えた。「あのころ、私は夢物語の中に生きていると感じていたわ。現実ではない世界よ。いま生きている……」学術書で埋めつくされた店内に顔を向ける。「この世界ではない場所に生きていると思っていた。はっとするほど魅力的な億万長者のとりこになり、豪華な衣装をまとって、専用ジェット機で世界を飛びまわるなんて、あまりに現実離れしているもの」キャリーは唇をきつく引き結んでから、自分を責めるような口調で続けた。「アレクシーズ、レフカーリ島であなたに言ったことは本気だったのよ。私はあなたとの関係について深く考えないようにしていた。だから、私がウエイトレスであろうと、かわいいブロンドの博士であろうと、関係ないでしょう？」

「そうだ、どうでもいいことだ。キャリー、正直に答えてほしい」

漆黒の瞳が柔らかな光を放ち、彼女を射抜いた。キャリーはそのまなざしに魅入られ、自分の弱さを思い知った。ああ、私はこんなにも彼に……。

「どうか答えてくれ」アレクシーズは続けた。「僕が君に、たとえば、そう……金がないから安っぽいホテルで我慢してくれと言ったら、それが僕にできる最大限のことだとしたら、君はどうしていた？　それでも君は僕についてきてくれたかい？」

相変わらず彼のまなざしに射すくめられ、キャリーは胸を締めつけられた。「ええ」どうにか答えたものの、ささやき声にしかならない。

「僕が安酒場のウエイターだとしても、やっぱりついてきてくれるかい？」

「ええ」キャリーの声は消え入りそうだった。

「それなら、いま机の上でこの手を伸ばし……」アレクシーズの手が伸びて彼女の手首をつかんだ。今度は弱くも強くもなく、シルクで編んだ縄のように巻きつく。「君を引き寄せたら……」

もう一方の手がキャリーのうなじにまわされた。彼の指の優しい動きに、キャリーは体じゅうの細胞が目覚めるのを感じ、息をのんで目を見開いた。アレクシーズが唇を重ねてくると、彼女は身も心もとろけた。

「ともに歩んでくれるかい、これから先の人生を？　どうかな、ドクター・キャリー・リチャーズ？　僕の……」ひと呼吸おいて続ける。「最愛の人」

キャリーは目を閉じた。彼に激しく甘いキスをされて、そうするのが精いっぱいだった。彼女の中に熱いものがこみあげた。止めても止めても、それは止まらなかった。

そのとき、咳払《せきばら》いが聞こえた。続いて遠慮がちにもう一度。キャリーはうろたえ、慌ててアレクシーズから顔を離した。

すると、キャリーの前に二冊の分厚い学術書が置かれた。

「ご注文の本です、ドクター・リチャーズ」女性店員が言った。

「ありがとう」キャリーは頬を染めて礼を言った。

「ドクターのお勘定につけておきますか?」

「そうね、お願いします」

「ですが、そのご様子だと……」

店員の言葉にキャリーは顔を上げた。全世界の女性たちと同じく、女性店員の目は向かいに座った男性のほうに向けられている。

「本を読む時間はなさそうですね」そっけない、少しうらやましげな口調で言ってから、店員は立ち去った。

アレクシーズがキャリーの手を握り、指をきつくからませる。「僕が思うに」彼は考え深げな口ぶりで言った。「ここが僕の卒業した大学と同じようなところなら、学内一の美人博士がギリシア人の女たらしに誘惑されかかっているというニュースが、あっという間に広まるぞ。僕の大学では頻繁にある話だったからよく知っているが、広まる速度はおよそ秒速三百四十メートルで……」

「知識をひけらかして気を引こうというのね」

「君にだけさ。そして君のお気に召すよう、最高に献身的な夫になるつもりだ。売春婦だろうとおつむの弱い女性だろうと、女性なら誰もが望むような最高の夫にね」彼女の手を握る手に力がこもる。「どうか僕と結婚してくれ、キャリー。君を愛している。だから、君も僕を愛してほしい。もしまだ愛していないなら、君の愛を勝ち取るため、僕は最大限の努力をしよう」アレクシーズは息を継いだ。「君が住みたい場所に住もう。この町のどこかに最適の土地を見つけて。そうすれば君の仕事にも便利だ」

彼はまた息を継いだが、今度は苦痛のにじむ荒い息だった。

「そしていつか、君の都合のいい時期に、僕らの子供を持つチャンスがまた訪れることを心から願う」

キャリーは顔を曇らせた。「お医者様に言われたのよ。私たちの赤ちゃんにはなんらかの異常があり、それが流産につながった可能性があるって。頭では納得しているのよ。でも……」目に涙がきらめく。

アレクシーズは彼女の顔を両手で包んだ。「その時がきたら、君は世界でいちばんすばらしい母親になれるさ」目に悲しみの色をたたえて続ける。「レフカーリでそれを知ったんだ。君と一緒ならどんな子供でも愛せるし、大切に育てられる」

彼はキャリーを慰めるために言ったのに、彼女の表情はかえって険しくなった。

「あなたのお母様はそうは思わなかったわ。彼女は私が汚いお金と引き換えに子供をおろすと考えていたのよ！」冷たく言い放つ。

「確かに、母が君にそんな申し出をしたのは間違っている」アレクシーズは彼女の心を解こうと必死になった。「しかし、それは母の本心ではなかった。まったく違うんだ。僕がとがめたら、母は本心を打ち明けたよ。君を試すつもりだったと」彼の声はいかにも悲しげだった。「母が知っている君は、僕の仕立てあげた醜い女性だ。母は君が金目当てで僕に近づき、わなにはめようとしているのではないかと恐れた。だから、莫大《ばくだい》な金と引き換えに中絶を持ちかければ、君が僕の妻にふさわしいかどうか判断できると考えた」彼は重いため息をもらした。「キャリー、君が母を許せない気持ちはわかる。だが……君がいなければ僕の人生は無意味だと言ったら、母は君を追いかけろと僕の背中を押してくれたんだ。僕は母の祝福を受けて君を捜しに来た」

「だけど、私はお母様の望む花嫁じゃないわ。彼女の考えでは、あなたの妻になる人はお金持ちでなければいけないはずでしょう?」

アレクシーズは後悔の念とともに口もとをゆがめた。「僕の誤解だった。母は僕ではなく、僕の妻になる女性の立場を案じていたんだ。母は持参金なしで父と結婚した。母には父にはない社会的な地位があったから、それが持参金代わりだった。しかし、僕を産んだあとで次の子供ができないとなると、父にとって母は邪魔者になった。母は、僕の妻になる女性にはそうなってほしくなかったんだ」

アレクシーズは顔をこわばらせ、キャリーをまっすぐに見つめた。

「我が家は幸福な家庭ではなかった。怒りと憎悪に満ち、悲惨だった。だが、それももう終わりだ。僕は自分の結婚にそういう醜い遺産を持ちこまない」表情がやわらぐ。「僕が持ちこむのは、キリア・ニコライデスのような運命を決してたどることのない、新しいミセス・ニコライデスだ。いとしい人……」彼はキャリーの手を取り、そっとキスをした。口もとには微笑が宿り、顔には輝かしい表情が浮かんでいる。「未来のドクター・ニコライデス！」

彼はキャリーの手を取って立ちあがらせ、その手を腕にからませた。彼女が新しい本を取りあげているあいだに、ふくらんだバッグを指一本で楽々と持ちあげて肩にひっかける。

「ドクター・ニコライデス」アレクシーズは彼女とともに戸口へ向かいながら繰り返しうれしそうに言った。「我が一族で初めての博士だ！　君には想像できないだろうけれど、君をドクターと呼んで家族に紹介するのは最高だろうな。僕の結婚する相手が、この世でいちばんの美女であるうえにドクターの称号を持つ女性だと知ったら、みんながどんなに驚くか！　きっと言われるよ、〝アレクシーズ、そんなに美しく、おまけに博士でもある女性を花嫁にするとは、なんて悪運の強いやつだ〟とね。そこで僕はこう返事を――」

「でも」キャリーが口をはさんだ。「私が売春婦だと思われていたときなら、もっと効果があったわ」

「仰せのとおりだ、未来のドクター・ニコライデス」アレクシーズは芝居がかった口調で応じた。

「いいこと、これ以上私をドクターと呼んだら、この『免疫療法における熱刺激蛋白質《たんぱくしつ》の役割』でぶつわよ！」キャリーは本を掲げてぴしゃりと言った。「嘘《うそ》じゃないわ。前にあなたの弟のこともひっぱたいたんだから……」

アレクシーズは声をたてて笑った。「そいつはよくやった。ヤニスにはいい薬になっただろう。僕もあいつが君を売春婦呼ばわりしたとき、一発見舞ってやったよ」

キャリーは目を丸くした。「あなたがそんなことを？」胸に熱いものがこみあげる。

「そうさ。そのひと幕に関しては注目すべき点が一つある」二人で舗道を歩きながら、彼は感慨深げに話した。「アドリアーナやマリッサについて侮辱的なせりふを聞かされても、僕は何も感じなかった。どうやら……」キャリーに目をやる。「ヤニスは僕に気づかせようとしたらしい」

「気づかせるって何を？」

アレクシーズの目が光った。「誰かが君を売春婦呼ばわりすると、僕がいきり立つ理由さ。ちょっと時間はかかったけれど、やっと気づいた。僕は君ほど賢くないからね、だから……」

彼は不意に言葉を切った。二人は駐車場が見えるところまで来ていた。彼の車の後ろに大学の職員らしい男性が立ち、その向こうに年代物の車が止まっている。その車の開いた窓から、年配の男性がかんかんになって腕を振りまわしていた。

「おっと、まずいな」アレクシーズはつぶやき、足早に近づいた。キャリーもあとに続く。

「申し訳ありませんでした、カーライル教授」キャリーはうろたえ、急いでわびた。相手は短気で有名な地質学の学科長だ。「教授の駐車スペースにこの車を入れたのは、私の責任です」

怒気を含んだカーライル教授の目がキャリーをにらみつけた。「君は誰かな?」

「ジョナサン・リチャーズの娘、キャリーです」

「おお」教授は目をみはった。「なんと、君がそうだったのか! だが――」

「教授」キャリーの背後からなめらかで威厳のある声が響いた。「車はただちに移動させます。どうかお許しください」

職員がアレクシーズに近寄って声をかけた。「予約スペースに駐車した者は罰金を支払う決まりです。誰であろうと平等に。さもないと学生たちがみんな、そこに止めてしまいますから」

「そういうことなら、もちろんお払いしますよ」アレクシーズは如才なく応じた。「小切手でいいですか?」

彼は革張りの小切手帳とペンを取りだし、数字を書きこんでから、カーライル教授に渡した。

「これでいかがでしょうか?」アレクシーズは教授に尋ねた。「余ったぶんは学科の備品代にまわしていただいてかまいません」

小切手に記した金額は法外なものだったが、いまのアレクシーズにはどうでもいいことだった。彼の世界はいま、虹色《にじ》に輝いていた。

教授は小切手を見つめた。その目が大きく見開かれ、続いて教授の駐車スペースに止まっている高級車に向けられる。それから教授はアレクシーズに、そして相変わらず彼と腕をからませているキャリーに視線を戻した。

「この男性は相当な金持ちらしいな。君はこの人と結婚するのかね？」教授はキャリーにきいた。

「ええ、そうです」キャリーに代わってアレクシーズが答えた。

「うむ。学者にとって裕福な伴侶《はんりょ》は重宝だ！　うちの学科も彼の後援を得るわけだな。これはとりあえず銀行に預けておこう」教授はくたびれたツイードの上着の内ポケットに手をやり、小切手をすばやくしまいこんだ。「さてと、お若いの、いつまでも突っ立っていないで、その怪物みたいな車をどけてくれ。それから言っておくが、資金難の学科にどれだけ大金を寄付しようと、駐車違反はいかんぞ！」

「承知しております、教授」アレクシーズは車に向かいかけて立ち止まり、振り返った。「教授……一つ教えていただきたいのですが。僕の結婚相手は美しいだけでなく、とびきり頭がいいんです。婚約指輪に選ぶ特大のダイヤモンドの化学式を言って驚かせたいので、ぜひ教えていただけませんか？」

「ばかばかしい！」教授は大声で返した。「ダイヤモンドは炭素のＣだ。だが、そんな説明をしてみたところで彼女はまばたきもしないだろう」

「では、ほかに彼女をあっと言わせる方法を見つけなくてはいけませんね」

「ひとこと、愛していると言えばいい」教授は忠告した。「私の若いころはそうしたもんだ……」

アレクシーズはにっこりした。「すばらしいアドバイスをありがとうございます」

彼は手を取ってキャリーを車に乗せると、運転席にまわって乗りこんだ。キャリーのうなじに手を伸ばし、彼女を引き寄せる。

「愛している、未来のドクター・キャリー・ニコライデス」彼はキャリーの耳もとにささやいた。「君を死ぬまで永遠に愛するよ。心から、そして……」瞳が輝く。「君に大きく引けをとる、この頭で」

「ばかね」キャリーの声はかすれた。かつて味わったことのない幸福感が、あふれんばかりの勢いで胸にこみあげる。彼女は手を伸ばし、未来の夫の手をしっかりと握り締めた。

「私も愛しているわ」心をこめて告げる。

「よかった。これで、君は本当に賢い女性だと証明された」アレクシーズはキャリーの唇に情熱的なキスをした。

二人の背後で、あきれ顔のカーライル教授がクラクションを鳴らし始めたが、キャリーの耳には届かなかった。

最高級のスポーツカーの中で、キャリーはアレクシーズの愛の言葉に酔いしれていた。

エピローグ

キャリーは堂々たるオーク材の階段の手前でふと足を止め、階下の広間を見下ろした。石づくりの暖炉の残り火が室内をほのぼのと照らし、天井まで届くクリスマス・ツリーにはたくさんの飾りがきらめいている。彼女は彫刻のほどこされた手すりにもたれ、喜びのため息をもらした。シルクの部屋着しかまとっていないが、アレクシーズがマーチェスター郊外に買ったビクトリア朝様式の屋敷の中は、とても暖かい。

廊下を歩いてくる足音が聞こえた。キャリーは振り向いた。長身の夫の堂々たる体を見て、いつものように胃のあたりがざわめく。彼はまだタキシード姿だが、シャツの胸をはだけ、ネクタイを外している。このうえなく魅力的な夫の姿に、キャリーは息をのんだ。愛情が胸に満ちあふれる。

妻の目に宿る優しい光に導かれ、アレクシーズは歩み寄った。そしてしなやかな腰に両腕をまわすと、彼女は満足げな吐息をもらし、彼のたくましい両腕をつかんだ。

「僕の美しい奥さん」アレクシーズはほほ笑み、キャリーの頭のてっぺんにキスをした。

「さあ、ベッドに行こう」体を少し離し、広間を見下ろす。「盛会だったね」彼の声にも満足げな響きがあった。

「そうね」キャリーはにっこりした。「あなたはそのうえ……」茶目っ気たっぷりに続ける。「このお屋敷の主《あるじ》として見事なホストぶりを発揮して、お客様を楽しませたわ!」

アレクシーズは妻の目をのぞきこんだ。「君はこの家に住んで幸せかい?」

彼の真剣な口調にキャリーは胸がいっぱいになった。「ええ、大好きよ。ここで初めて開いたクリスマス・パーティもすばらしかった! それに、生化学の研究員全員を招いてくれたあなたにも感謝するわ」

「君の同僚なんだから、当然さ。もっとも……」アレクシーズは軽く顔をしかめた。「彼らの会話の内容はほとんど理解できなかったけれどね」身をかがめ、妻の唇にキスをする。「愛するキャリー、僕はこの世にこんなにも幸せな男がいるかと思うくらい幸せなんだ。望みがすべてかない、欲しいものが手に入った。それは君だよ。君こそ僕の生きがいだ」

キャリーは息が苦しくなるほど強く抱きしめられた。彼を愛していないと思ったことがあるなんて、いまとなっては嘘《うそ》のようだ。アレクシーズなしで生きていけるなんて、どうして思えたのかしら? 彼は私にとって現実そのもので、もっとも大切な存在だったのに、なぜ幻想だなんて思ったの?

アレクシーズの手で幻想の世界にさらわれていった時期があったにせよ、いまの彼はキャリーの現実そのものだった。彼女とともに人生を歩むために、世界規模の仕事をあっさり捨て、まるで以前からその一員だったかのように学問の世界になじんでいた。

「父にあなたを会わせたかったわ」キャリーはしみじみとつぶやいた。「生きていてほしかった。でも……とてもうれしいの。いまはあなたのお母様がいるんですもの。お母様は私を一族に迎えてくれた」

「そう言っただろう？　それよりさっきの言葉が聞こえなかったのかい……」

アレクシーズの目が輝き、妻を抱く腕に力がこもる。キャリーの胃のあたりがまたもざわめき始めた。

「ベッドに行こう」

彼は有無を言わさずキャリーを抱きあげ、廊下を通って寝室へ向かった。妻の部屋着の裾《すそ》が床を這《は》う。

「これはまだ言ってなかったかな？」アレクシーズはキャリーをベッドに横たえるなり尋ねた。彼女の髪が枕《まくら》の上で流れるように広がる。「僕がどんなに君を愛しているかということを、ドクター・ニコライデス」

キャリーは夫の首にすがりつき、彼のなめらかな黒髪に指を差し入れた。

「もう百万回は聞いたわ」キャリーは愛に輝く顔で夫を見あげてささやいた。「だけど、何度でも言って」

「毎日言うよ……」

誓いの言葉とともに、アレクシーズはキャリーの柔らかな唇を奪った。優しく誘惑的な夫の愛撫《あいぶ》に、妻の体が熱い炎と化していく。

「もちろん、夜もね……」

●本書は、2009年6月に小社より刊行された作品を文庫化したものです。

魔法が解けた朝に

2024年2月1日発行　第1刷

著　者　ジュリア・ジェイムズ

訳　者　鈴木けい（すずき　けい）

発行人　鈴木幸辰

発行所　株式会社ハーパーコリンズ・ジャパン
東京都千代田区大手町1-5-1
03-6269-2883（営業）
0570-008091（読者サービス係）

印刷・製本　中央精版印刷株式会社

定価はカバーに表示してあります。
造本には十分注意しておりますが、乱丁（ページ順序の間違い）・落丁（本文の一部抜け落ち）がありました場合は、お取り替えいたします。ご面倒ですが、購入された書店名を明記の上、小社読者サービス係宛ご送付ください。送料小社負担にてお取り替えいたします。ただし、古書店で購入されたものはお取り替えできません。

この書籍の本文は環境対応型の植物油インクを使用して印刷しています。

Printed in Japan © K.K. HarperCollins Japan 2024 ISBN978-4-596-53369-2

2月15日発売

ハーレクイン・シリーズ 2月20日刊

ハーレクイン・ロマンス

愛の激しさを知る

愛なき富豪と身重の家政婦 シャロン・ケンドリック／加納亜依 訳

花嫁は偽りの愛を捨てられない ミシェル・スマート／久保奈緒実 訳
《純潔のシンデレラ》

孤独な城主と誘惑の9カ月 ジェニー・ルーカス／新井ひろみ 訳
《伝説の名作選》

ボスを愛した罪 サラ・モーガン／山本翔子 訳
《伝説の名作選》

ハーレクイン・イマージュ

ピュアな思いに満たされる

アドニスと飛べない白鳥 スザンヌ・マーチャント／大田朋子 訳

炎のキスをもう一度 エマ・ダーシー／片山真紀 訳
《至福の名作選》

ハーレクイン・マスターピース

世界に愛された作家たち
～永久不滅の銘作コレクション～

さまよう恋心 ベティ・ニールズ／桃里留加 訳
《ベティ・ニールズ・コレクション》

ハーレクイン・プレゼンツ作家シリーズ別冊

魅惑のテーマが光る極上セレクション

千年の愛を誓って ミシェル・リード／柿原日出子 訳

ハーレクイン・スペシャル・アンソロジー

小さな愛のドラマを花束にして…

シンデレラに情熱の花を ダイアナ・パーマー他／松村和紀子他 訳
《スター作家傑作選》